中高年一貫指導

平成オトナの勝手塾

ジェームス三木

James Miki

社会評論社

表紙デザイン　岡村 南海子
本文イラスト　一寸木 幸平

平成オトナの勝手塾　目次

第一日目　日曜日〔入塾式〕

塾長挨拶

新人のススメ

人は慣れる動物である。寒い地方に住めば、寒さに慣れるし、暑い地方に住めば、暑さに慣れる。貧乏に慣れる人もいれば、贅沢《ぜいたく》に慣れる人もいる。

人間の感覚には、自動コントロール装置がついていて、防衛センサーが、生存環境を察知し、順応スイッチを切り換えるらしい。

サラリーマンは満員電車に慣れ、ストリッパーは裸に慣れ、ホームレスは路上に慣れ、そして脚本家は、十二指腸潰瘍に慣れるのである。

男の子は、おふくろの味に慣らされ、結婚して妻の味に慣らされ、老いては嫁の味に慣らされる。最後は低カロリーの病院食にも慣れる。

関西から関東に引っ越した人は、レストランや食堂の味の濃さに、眉をしかめるが、それもたちまち慣れてしまう。血圧が高くて、塩分を控え目にすると、一週間もたたないうちに、薄味に慣れる。

新婚早々、夫のイビキに悩まされる妻も、一ヵ月もすれば、すっかり慣れる。夫の出張で、そのイビキが聞こえないと、逆に眠れない。

閑静な住宅地から、都心のマンションに移り、騒音に苦しんだとしても、よほど神経質でないかぎり、三日ぐらいで慣れる。

匂いに至っては、二時間ぐらいで慣れる。八丈島でクサヤ（好物）の工場を見学したときも、初めは鼻が曲がりそうだったが、あっというまに慣れたのである。

感覚が柔軟な人は、順応性が強いから、何ごとによらず、慣れるのが早い。どんな環境でも、たくましく生きられる。つまり生命力が豊かということだ。

ただしである。順応性が強いほどよいとは、必ずしもいえない。〔飼い馴らす〕という言葉があるが、訓練とか洗脳とかは、人の順応性を利用するものだ。慣れやすい人は、素直な分だけ、他者に振り回されやすいのではないか。

アメリカの南北戦争で、解放された奴隷たちの多くは、それまでの屈辱的な生活に、慣れきっていて、解放を迷惑がったり、不安がったりしたそうだ。

これは敗戦直後の日本人も同じことで、占領軍の総司令官が、軍閥や財閥を解体し、国民を解放すると宣言しても、何のことか、よく分からなかったと思う。

慣れることのマイナス要因を、もうひとつ挙げれば、感覚がだんだん麻痺して、警戒心や好奇心が薄らぐことである。

警官は犯罪に慣れ、医師は誤診に慣れ、難民は戦争に慣れる。企業は脱税に慣れ、政治家は賄賂に慣れ、国民は消費税に慣れる。

もっとも悲しいのは、慣れによって、感覚がすりつぶされ、感動が失われることだ。胸がキュンとなる瞬間が、滅多に訪れないことだ。

生まれて初めて、飛行機に乗ったときの昂奮《こうふん》を、私はまざまざと思い出す。あッ離陸した、飛んだ、飛んだ、地上を離れた。自分は雲の上にいる。ものすごいスピードで空を飛んでいる。山や街や川が遙か下に見える。やったやった、これが飛行機なんだ。わーい。

今は飛行機に乗るのが当たり前、空を飛ぶのが当たり前、席に坐ってベルトを締めたら、もう眠ることしか考えない。

生まれて初めて、ホームランを打ったときの感触は、今でもてのひらに残っている。ビー玉を芯に、布切れを巻いたボールが、弧を描いてロクボク（横木を肋骨《ろっこつ》状に取り付けた体操用具）を越えた瞬間、ざわざわと背筋を襲った歓喜。晴れがましくベースを一周する間、ゆるみっぱなしで締まらなかったほっぺた。

生まれて初めて、チョコレートを食べて、この世にこんなおいしいものがあるのかと、涙ぐみそうになったのは、小学五年生のとき。

ああした鮮烈な感動は、二度と味わえないだろう。人は同じ経験を繰り返し、慣れることによって、みずみずしい感覚を失う。自動コントロール装置が、デジタルに働いて、記憶をパターン化し、それが常識となり、マンネリズムとなって、感動の度合いを薄めるのである。経済学でいえば〔限界効用逓減《ていげん》の法則〕だ。老化現象

■限界効用逓減の法則

消費者が消費するときに得る欲望満足の度合いを効用という。しかし同じ１杯のビールの効用は、１杯目と２杯目とでは異なり、１杯目の効用よりも２杯目のほうが小さくなる傾向がある。このように、消費量が増加していくときの追加一単位当りの効用を限界効用といい、消費量の増加とともに限界効用がしだいに減少することを「限界効用逓減の法則」という。

とは、そのことかも知れない。

私は父の転勤や、旧満州からの引揚げのため、小学校を六つも、渡り歩いている。転校生は緊張し、小さくなって孤立しがちだが、回を重ねるうちに、肝が据《す》わって、転校慣れしてくる。

私の場合は、クラスのボスが誰であるかをつきとめ、みんなの前で、相撲を挑むことにした。勝てば優位に立てるし、負けても一目置かれるのである。コツが分かると、次の転校が、待ち遠しくなったものだ。

私の仕事についていえば、慣れは〈両刃の剣〉である。ドラマ職人としての技術を高めるには、どうしても慣れが必要だが、発想や着想に関する慣れは、努めて排除しなければならない。

「氷が溶けたら何になりますか？」

「春になります」

こどもの感性は、かくも新鮮である。たとえ理科の試験でも、三重丸を与えたいではないか。

「海はなぜ青いのですか？」

「空が映ってるからです」

たまらないほど初々しい。おとなであることが、恥ずかしくなる。少なくとも芸術家は、こうした感性を、失ってはならない。常識に毒されてはならない。だから初心に帰れと、戒めるのである。一期一会というのである。

私は感性の麻痺を避けるため、常に自分を、新人であると考えることにした。できれば〈彗星《すいせい》のごとく現れた新人〉でありたい。

自分をベテランと考え、熟練者と位置づければ、どうしても地位や名誉にこだわる。冒険は避けて、できるだけ無難な道を選ぶ。

自分が新人だと思えば、自由で弾力に富んだ発想ができる。思い切った冒険も可能になる。しかも新人の場合は、多少の失敗も、大目に見て貰えるし、やり直しも許される。

こどもを引き合いに出すまでもなく、未熟さには、無限の可能性が秘められている。自己改革を妨げる要因のほとんどは、豊富な知識や経験なのである。

新人でありたいと念ずれば、人は誰でも新人になれる。要は意識の持ち方である。学校に入れば新入生、就職すれば新入社員だが、係長に昇進すれば、係長としての新人である。課長になれば課長の新人、社長になれば社長の新人である。

結婚すれば奥さんの新人、子を生めば母親の新人、嫁を迎えて姑《しゅうとめ》の新人、孫ができれば、おばあちゃんの新人、離婚すれば、バツイチの新人というわけだ。同様に五十肩の新人、糖尿病の新人、ギックリ腰の新人、年金生活の新人、老人ホームの新人と、そこらじゅうに、新人は転がっている。あなたもやがて、高輪社会に、新人としてデビューし、いつの日かあの世に、新人として迎えられる。ほらね、人は生涯を通じて、新人でいられるのです。

ガイダンス

教育は可能か

いつも座敷に、ウンコをしてしまうサルがいた。飼い主はそのつど、サルの尻をピシャピシャと叩き、窓から庭へほうり出した。根気よくこれを繰り返せば、いつかは庭でウンコをするだろうと考えた。つまりサルを教育したのだ。それで、どうなったかというと、サルはある日、いつものように座敷でウンコをして、自分の手で尻をピシャピシャ叩き、自分で窓から庭へ飛び出した。

サルはサルなりに、飼い主の期待に添いたいと苦慮し、けなげな努力をしたに違いない。しかし結果は、大きく食い違った。もしかすると、教育の現場でも、頻繁《ひんぱん》にこういうことが、起きているのではないか。

学校教育の大前提は、教師と生徒の目的が、一致していることだ。教師は、生徒の前に〔あらまほしき人間像〕を、くっきりと示さなければならない。

サルの飼い主も、庭でウンコをするサルが正しく、座敷でウンコをするサルは罰を受けると、教えればよかったのだが、言葉が通じないために、うまくいかなかった。教師と生徒は、人間同士であるから、いちおう言葉が通じる。サルよりは、はるかに教育しやすい。ところが今の学校教育は、手段ばかり教えて、目的を教えていない。やたらに生徒の尻を叩いて、窓からほうり出している。

何のために学校へ通うのか。何のために学問をするのか。教師はまずそのことから、生徒に教えるべきだろう。目的が生徒に通じなければ、教育は不可能である。江戸時代の学問は、人間をつくるためにあった。個人の器量を、高めるためにあった。明治時代以降の学校教育は、世のため人のため、ひいては国家の役に立つための人材を、大量生産するためにあった。

今の学問は、受験のため、就職のため、カネ儲《もう》けの方程式を見つけるためらしい。教師も生徒も、成績万能主義に陥り、点数を上げることだけに、汲々としている。私の考える学問の理想は、他者に差をつけるためではない。個人の人生を、輝かせるためである。知のテリトリーを広げ、楽しみや生き甲斐や、愛や信頼関係を、心地よく増幅するためである。

たとえば教科の中で、目的がもっとも分かりやすいのは体育だ。体育はからだを鍛え、強靭《きょうじん》な精神力を鍛える。スポーツを通じて、決断力、判断力、持続力を育てる。工夫する心を育てる。

高校野球の選手が、汗まみれ血まみれになって、いやがらずに、百本ノックを受けるのはなぜか。その努力によって、レギュラーポジションが、取れるかも知れないし、甲子園に行けるかも知れないからだ。目的がはっきりしていれば、生徒は進んで学ぶのである。

音楽や美術など、芸術系教科も分かりやすい。先人の残した文化遺産を、しっかりと受け止め、美を楽しみ、感動する心を養い、新しい価値の創造を学ぶのだ。

私にはたぶん、絵の才能があったと思うのだが、小学校の写生の時間に、クレパスを塗りたくり、キュウリの形が判然としなくなったので、三角定規の角で、輪郭をつけたところ、こんな描き方は邪道だと、頭ごなしに叱られた。それ以来、図画の時間が大嫌いになった。こどもの工夫や、表現の自由を、潰《つぶ》してしまうような教師は、それこそ自分の尻を叩いて、窓から消えるべきだ。

国語は何のために学ぶのか。究極の目的は、豊かな会話を楽しむためである。人間社会は、言葉によって成り立っている。のべつまくなしにしゃべっている。豊富なボキャブラリーや、気のきいた言い回しなど、会話のレベルや質が、高ければ高いほど、楽しみは深くなる。むろんインターネットや、ファックスの文章でも、同じことである。

理想や哲学や、芸術や政治について語り合い、自分の意見をいえる能力があれば、人生の悦《よろこ》びは、ひとしお味わい深い。しゃれたジョークをタイムリーに放つ人は、それなりの友人に恵まれる。すばらしい恋がしたければ、心をゆさぶるくどき文句を、用意しなければならない。

■教育基本法（第１条）における教育の目的
教育は、人格の完成を目指し、平和で民主的な国家及び社会の形成者として必要な資質を備えた心身ともに健康な国民の育成を期して行われなければならない。

昔の武士の会話には、論語や三国志や万葉集の引用が、ふんだんにちりばめられた。町人の会話には、歌舞伎や浄瑠璃の名セリフや、いろは歌留多のことわざが、飛び交っていた。イギリス貴族の会話は、シェイクスピアの戯曲の名文句を、多用するのが誇りなのだ。

学校では読み書きだけでなく、話し方を教えて欲しい。教師が一方的に講義をするのではなく、生徒にもどんどんしゃべらせて、表現力を伸ばして欲しい。

外国語を学ぶ目的も、国語と同じである。他国の人々と、会話ができれば、精神的にも物理的にも、個の世界が広がる。ビジネスのために、英語を学ぶという発想は、いかにもみすぼらしい。

数学は何のために学ぶのか。公式を暗記して、むずかしい計算を解くのが、最終目的ではない。そうした訓練によって、論理的思考と、合理的判断を、身につけるためだ。思考経路が、整然としていれば、人生の岐路に立ったとき、バランスのよい選択ができる。音楽も絵画も、文章もドラマも、基本は数学である。

理科は自然の摂理を学ぶ。社会科は世の中の仕組みを学ぶ。受験のために、元素記号や、歴史の年号を暗記するだけでは、学問をしたことにならない。そこから何を導き出せるかが、ほんとうの学問である。自然の摂理や、世の中の仕組みを、自分の肉体と、どう有機的に結びつけられるかが、勝負なのである。

ついでながら私は、中学の社会科で、道路交通法と、公職選挙法を、教えるべきだと思う。理科では性教育も忘れないこと。

さて、現代の教育が、困難になったのは、教師や父親の権威が、失墜したからだ。権威の失墜は、主として高度情報化社会の影響による。今のこどもは、教師や親と同じ量の情報を、同時に得られる。文明のめまぐるしい進歩によって、おとなたちが、せっせと積み重ねてきた知識や経験が、あっというまに否定される時代でもある。教師や父親が、途方に暮れていることを、今のこどもたちは知りつくしているから、もったいぶって教えても、プイと横を向かれる。鼻先でせせら笑う。学校で学ぶ前に、テレビやインターネットで、たいがいのことは学べるのだ。

これまでの教育やしつけが、まともに通用するのは、せいぜい小学校までだろう。自我に目覚めた中学生には、学問の目的さえ、きちんと教えれば、それで充分である。目的さえ分かれば、生徒はみずから学ぶ。教師はアドバイザーに徹すればよい。生徒の求めがあれば、百本ノックをすればよい。

いうまでもなく〔あらまほしき人間像〕とは、教わる人間ではなく、みずから学ぶ人間である。

新入生歓迎会　1

乾杯考

誰かが乾杯の音頭をとる。グラスに口をつけた途端、いっせいに拍手が起きる。あの拍手は、何を意味しているのだろうか。

乾杯の音頭が、上手だったと褒《ほ》めているのか。みんなで酒が飲めて、よかったねというのか。単に間延びを埋める景気づけなのか。飲みもしないで、グラスをテーブルに置き、急いで手を叩く習慣は、すでにパターン化している。どのパーティーにも、したり顔で、真っ先に手を叩く人がいる。遅れてはならじと、全員がこれにつづく。結局のところ、グラスを干す人は、ひとりもいない。なぜそんなに慌《あわ》てるのか。誠実さに欠けるではないか。

乾杯の本来の意味は、盃《さかづき》を干すことにある。最初の一杯なんだから、ゆっくり落ち着いて、文字通り乾杯しようじゃないの。間延びを埋めたいなら、景気よく音楽を流せばよいのである。

「酒を残すやつは出世しない」

若いころはよく、こういって先輩に脅されたものだ。そのせいか、今でも私は酒を残さない。

酒どころ高知の盃には、面白いのがある。底が錐《きり》のように、とんがっていて、飲み干さないとテーブルに置けないのだ。あるいは横っ腹に小穴が空いていて、指を離すとこぼれるのである。

沖縄には〔お通り〕という儀式があり、参会者のひとりひとりが、順番に盃を干していく。ごまかしの乾杯は、許されないのだ。

「ダウン ザ ハッチ！」

欧米の酒場ではよくこういう。ハッチの底まで、飲みつくそうぜという意味だ。

「フォー ザ ロード！」

これは最後の乾杯だ。これから出ていく表の道路への祝杯である。

はた迷惑なのは、乾杯の音頭をとる人が、長々と挨拶することだ。参会者は水割りのグラスを片手に、いらいらと待たされる。やっと乾杯になるころには、氷が溶けている。

「挨拶とスカートは、短いほどよろしい。乾杯！」

たまにこういうのがあると、ホッとする。芸能界の乾杯で、人気があるのは梅宮辰夫である。彼はムダな挨拶を一切しない。

「乾杯！」

これで終わりである。さわやかで潔いから、乾杯要員として、みんなに重宝がられている。

■サミー・デイビス・ジュニア
アメリカを代表するエンターテイナー。フランク・シナトラに見出され、ディーン・マーティンらとともに「シナトラ一家」を組んだ。抜群のリズム感を生かした素晴らしいタップ・ダンスや物まねも得意とした。

私が乾杯の音頭をとるときは、しっかり飲み干して貰いたいので、三分割方式を採用する。

「最初の三分の一は、今日の主催者○○○のために。真ん中の三分の一は、自分自身のために。残りの三分の一は、ヤクルトスワローズのために。乾杯！」

あるときこういったら、参加者の大顰蹙《ひんしゅく》を買ってしまった。

乾杯の拍手もさることながら〔中締め〕という儀式も、奇々怪々である。シャンシャンシャンと手を締めて、実際には流れ解散なのだが、なぜか中締めという。酒も料理も残っていますので、ごゆっくりどうぞ、なんていうが、あれは嘘である。参会者も心得ていて、ほとんど帰ってしまい、残るのは酔っぱらいと、スタッフだけである。なぜ閉会と、はっきりいわないのだろう。

各種の式典や祝賀会の挨拶は、これでもかこれでもかと、名士が次々に登壇する。おおむね話が長く、美辞麗句の羅列で、退屈のきわみである。酒も料理もお預けで、乾杯まで三十分ですめば、ラッキーといわねばならない。

まず司会者の前説が長い。名士を紹介するとき、肩書の大きさと言葉の量を、比例させせようとするが、それは反対である。サミー・デイビス・ジュニアの、ライブコンサートのＬＰを、私は持っているが、超有名な司会者が、冒頭で軽く紹介している。「レディス エンド ジェントルメン、サミー・デイビス・ジュニア！」

これしかない。簡単に紹介されるほど、名誉であることを、はっきり示している。日本人の挨拶は、礼節と気づかいを第一とし、およそサービス精神に欠けている。

「ただいま御紹介に与《あずか》りました〇〇でございます」

最初は判で押したように、こう始まる。ぐだぐだしゃべっておいて、最後は必ずこういう。

「甚《はなは》だ簡単ではございますが、以上を以《もっ》て挨拶に替えさせて戴《いただ》きます」

参会者はこうしたパターンの繰り返しに、すっかり馴らされて、心の中で演歌を歌ったり、前の人の禿《は》げ具合を観察したり、独自の方法で時を過ごす。

会社関係のパーティーでは、わざわざ前へ出て、スピーチにいちいち頷《うなず》く人がいる。おおむね中間管理職だが、注意深く観察すると、社内の派閥構成が分かって、何だか涙ぐましい。サラリーマンは大変だ。

ここでいうのは変だが、お坊さんのお経が、長く感じられるのは、内容がまったく分からないからだ。口語文でやってくれれば、少しは興味を持つだろうに、あれではひとりよがりとしか、考えられない。

お布施の額と、お経の長さは、比例するものらしいが、それも反対にして貰いた

■紫綬褒章

明治時代に褒章条例が公布され、紅綬褒章、緑綬褒章、藍綬褒章の３種が定められたが、その後、紺綬褒章、黄綬褒章、紫綬褒章が増設されて、現在６種となっている。これらの褒章は銀製の章をつるす綬（リボン）の色によって識別され、紫綬褒章は学術・芸術上の発明、改良、創作について事績著明な者に授与される。

い。たくさん払えば、短く終わるというのが、リーズナブルと思われるが、どうだろうか。

パーティーの主催者が、もっとも頭を悩ますのは、席次と挨拶の順番である。そのために登壇者が、やたらに多くなる。除幕式や道路開通式のテープカットも、昔は代表者がひとりでやったものだが、今は幼稚園の運動会みたいに、ずらりと並んでカットする。慌《あわ》てて合図の前に切ってしまい、切除部分をそっと隠す人がいる。切った断片の処理に困り、内ポケットに納める人がいる。何もバラバラに切ることはないだろうに、これも大勢の名士の顔を立てるためである。お笑いぐさである。

もちろんスピーチの達人も、いないわけではない。私が感心した痛快なスピーチで、記憶に残っているものを、ここで書き留めておく。

「政治家や官僚は勲一等が貰えるのに、文化人の最高は勲二等なんて、おかしいじゃないですか。ぼくは監督にではなく、勲章におめでとうといいたい。偉い人に貰われてよかったねと――」（野村芳太郎監督受勲祝賀会で、吉田剛氏）

「一黒二赤三紫といってね、紫はたいしたことないんですよ。次は黒を貰えるように――」（賀原夏子氏紫綬褒章《しじゅほうしょう》祝賀会で、飯沢匡氏）

「私が重光《しげみつ》の恩師です。私が何もかも全部教えました。重光が受賞したのは、すべ

て私のおかげです」（演出家重光亨彦氏の芸術祭賞祝賀会で、岡崎栄氏）
「へええ、私が出演していないドラマで、よくこんな賞がとれたもんだね」（演出家大原誠氏の芸術祭賞祝賀会で、丹波哲郎氏）
スピーチのコツは、本人の感情と性格が出ていること。その人しかしゃべれない内容であること。そして何よりも短いことである。
え？　一黒二赤三紫？
男性なら自分の股間を見なさい。

新入生歓迎会　2

立食パーティ

立食パーティは苦手である。立ってものを食べるのは行儀が悪いとしつけられたので、どうしても罪悪感が先に立つ。だいたい一人前の紳士が、皿とフォークを持ってうろうろするのは、決して美しい光景ではない。器用な人は、料理皿のほかに水割りのグラスを持ち、タバコを指にはさんだまま、握手をしたり名刺を交換したりする。曲芸じゃあるまいし、何か落としたらどうするんだと、つい批判的に見てしまう。

私は立食パーティと分かると、事前に食事をすませ、酒のグラスだけを持つことにしている。友人にも結構そういう人が多い。食べることは最初から諦めているわけで、会費が高いときなどはモトをとろうとして、やたらに飲んで悪酔いする。あさましい話である。

女性は飲まない人が多いから、食べ物に夢中になる。あっちこっち走り回って人をかきわけ、めぼしいものを次々と皿に盛る。これは男ほど見苦しくなく、むしろ微笑ましいが、やっぱりあれもモトをとろうとしているのだろうか。

食べ物があっというまになくなる立食パーティはみすぼらしい。人数の7掛けぐらいで食事を注文するのが常識らしいが、中には5掛け、4掛けというのがある。みんながピラニアのように襲いかかるので、残るのはピラフとパセリだけなんてことになる。慌てて追加注文をする主催者もいるが、みっともないことである。

しかし、それよりもずっと腹が立つのは、料理が山のように残る立食パーティである。食べ残しはぜんぶ棄てるのだろうか。こどものころ、ひもじい思いをした、もったいない世代の私には、とても許せない光景である。主催者の良識を疑ってしまう。

立食パーティで、長々とスピーチをするのはバカげている。ほとんど誰も聞いていないのだから、しゃべる人はみじめである。外国の立食パーティは、最初に主催者が挨拶する程度で、あとに一切スピーチなしというのが普通である。参加者同士が旧交をあたためるため、歓談すればそれでいいのである。

また、立食パーティの最後には福引がつきものだが、あれもいい加減にやめてもらいたい。客が途中で帰るのを防止する魂胆《こんたん》がミエミエである。司会者が長時間にわたって、キイキイ叫びながら当選番号を発表する。客は番号札を片手に、ぼんやり立って雑談もできない。権利を放棄して帰ろうとするが、いや待てひょっとして一等が当たるかも知れないと思い直し、いつまでも残っている自分がふと情けなくなる。

立食パーティの帰りは、足がくたくたになっている。腹も減っているのでラーメン屋などに入る。ネクタイの食べこぼしなどを発見して、暗い気分になる。ああ、

■立食パーティのマナー

- ウェーターが飲み物を持って来てくれたとき、断わらずに受け取る。
- 飲み物をウェーターから受け取る前後、主催者を探して挨拶する。
- 料理は、皿１枚とフォーク１本を取り、オードーブル、魚、肉、サラダと進み、サンドイッチをつまむ。グラスは皿に載せても良い。
- 料理は何回取っても良いが、山盛りとすべきではない。

もういやだ、二度と立食パーティはごめんだと、そのときは思うのだが、時代の流れには逆えそうもない。なぜか明日も立食パーティである。

第二日目　月曜日〔平常授業〕

第1時限目	ホームルーム〔個人憲法〕
第2時限目	国　語〔漢字顔とカタカナ顔〕
第3時限目	ディベート〔男の哀愁〕
第4時限目	体　育〔世渡り体操〕
昼　食	〔ナマコ〕
第5時限目	化け学〔知顔度〕
第6時限目	課外指導〔くどき学（入門編）〕

第1時限目　ホームルーム

個人憲法

国連に平和憲章があり、国に憲法がある。町に市民憲章があり、学校に校訓があり、会社に社訓がある。格式のある家には、先祖伝来の家訓もあるだろう。それぞれの組織のスローガンや、所属メンバーへの戒《いまし》めが示されている。

いちばんつまらないのは、市民憲章である。自然を守る、文化を大切にする、お年寄りをいたわる、暴力を追放するなど、どこもかしこも同じ文言が連ねてある。デパートで基本パターンを、売っているのかと思うくらいだ。

その町の特色が出ているとか、機知に富んだ表現とか、方言で書かれているとか、ユニークな憲章に出会うことは稀《まれ》である。

ただし全部が全部、だめなわけではないから、総務省あたりで、市民憲章フェスティバルをやって、創造性にあふれたものを、全国に紹介したらどうか。

次につまらないのは、校訓かも知れない。主流は親切、正直、努力、勤勉、協力である。私が通った小学校の校訓は〔特攻体当たり〕であった。まことに物騒だが、今も覚えているのは、ユニークだからだ。

中学のは忘れたが、高校のは〔質実剛健〕であった。戦前からの校訓を継承したのだが、ちょっととっつきにくい。茶髪やピアスの高校生が多い時代に、ふさわしいかどうか。

■濡れ手で粟

濡れた手で粟をつかむと粒が多くついてくるところから、苦労せずに多くの利益をあげることのたとえ。粟は、中国では黄河文明以来の主食で、「米」という漢字も、本来、粟を示していた。日本でも米より早く栽培が始まり、庶民の重要な食料作物だった。

同情的にいえば、町や学校の場合は、あまり変わったスローガンを掲げるのは、気が引けるのだろう。誰からも文句をいわれぬように、あたりさわりのないように、おっかなびっくりで作るから、誰も覚えていないような文章になる。

社訓は事情が違うから、かなりユニークな発想もあるはずだが、これは社員しか知らない。

「商売は戦争だ。何が何でも勝たねばならぬ」

これは若き日の私が、専属歌手だったナイトクラブの社訓である。元軍人の社長の性格が、よく出ているではないか。

今の私はジェームス三木事務所の社長である。スタッフはたったの三人で、誰も社長とは呼んでくれないが、法的には社長である。そこである日、社訓を作ることにした。世界にひとつしかない独特の社訓をと、力んだためか、協議の結果は多数決で〔濡れ手で粟《あわ》〕に決定した。あんまりだとは思ったが、ユーモアも大切な要素である。私は色紙に〔社訓・濡れ手で粟〕と墨書し、事務所の壁にぶらさげておいた。ところが来客の多くは、ちらりと一瞥《いちべつ》するだけで、笑おうともしない。読めないのか、意味が分からないのか、悪い冗談だと思ったのか（冗談ではあるが）。この社訓は半年ほどたって、税務署の調査がくる前日に、撤去されたままだ。

ここからが私の偉いところだが、突然ある日、自分を律するための、個人憲法を作ろうと思いついた。国に憲法があり、会社に社訓があるように、個人としても憲法を制定して、それを遵守《じゅんしゅ》すれば、少しは立派な生き方が、できるのではないか。

江戸時代の武士は、仏教や儒教や武士道に縛《しば》られ、いかにおのれを律するかを、真剣に考えていた。その当時、外国を訪れた使節団は、どこへ行っても絶賛された。「何と清らかで誇り高く、しかも礼節をわきまえた、すばらしい民族であることか」人はこうでなければならない。清らかで誇り高く、礼節をわきまえていなければならない。

今の日本人は、自由と放縦を取り違え、民主主義と利己主義を、ごっちゃにしている。人間本来のあるべき姿を、見失っている。タライの水を棄てようとして、赤ん坊まで棄ててしまった感じだ。

そういうおとなが、原理原則も定見もないまま、若者にああしろこうしろといっても、説得力がない。まずおとなが、身をもって生き方の模範を示すべきだ。

「第一条、卑怯《ひきょう》なことをしない」

これが私の個人憲法の書き出しである。私は心から卑怯を憎む。おのれを利するために、他人を陥れる行為には、いきどおりを感じる。卑怯なことは絶対にしない

と誓おう。タクシーの運転手が、白紙の領収書をくれても、金額を少し多めに書き入れるのは、もうやめよう。しばらく考えて、私は遠慮しいしい筆を加えた。

「付帯事項・女性をくどくときはそのかぎりにあらず」

これはやむを得ない。女性の歓心を買うには、贈り物をしたり、饗応をしたり、ときには待ち伏せをしたり、君が世界でいちばん綺麗《きれい》だと、心にもない嘘をついたりする。これくらいの小さな卑怯は、許して貰おうじゃないか。

「第二条、贅沢《ぜいたく》をしない」

私はほとんど贅沢をしない。衣食住のいずれにも、さしたる執着がない。贅沢はものを考えないから、頭が悪くなる。貧乏人は工夫しなければならないから、頭がよくなる。これは私の持論である。

そういう私も気分が乗ると、大勢つれて酒場に繰り込み、ドンチャン騒ぎで大金を浪費する。もののはずみで高価な絵を買うこともある。

「付帯事項・人生の糧《かて》となる贅沢はそのかぎりにあらず」

生活は質素に、人生は豊かにということで、これもまあいいだろう。

「第三条、賭博《とばく》をしない」

若いころはバンド仲間と、賭け事に明け暮れた。ブラックジャック、マージャン、オイチョカブ、チンチロリン、車のナンバー当て、海外ではルーレット、スロットマシン。そして博才のないことを、いやというほど、思い知らされた。今は賭博と無縁である。競馬も競輪もゴルフもやらない。宝くじは買ったことがない。それでも付帯事項がつくのはなぜだ。

「付帯事項・千円以下はそのかぎりにあらず」

実は私は将棋を指す。いちおうアマ四段の免状を持っている。将棋は賭け事ではなく、勝負事であるが、相手の要望に応じて、百円ぐらいは賭けることがあるのだ。

「第四条、商行為をしない」

私は原稿料や講演料など、自分の労働による報酬以外は、決して手にしない。たかがドラマではあるが、ものを書くのが本業であり、作り手としての誇りがあるからだ。もともと面倒見がいいほうで、新人の発掘や、売れない役者の斡旋《あっせん》もしなくはないが、その謝礼は一切拒絶している。誤解されては困るが、ここでいう商行為とは、政治家が得意な口きき料、手数料、マージンのたぐいである。店を構えて物や人を動かし、利潤を上げる商人は、それが立派な本業なのである。

■オイチョカブ

花札などを用いて行われるゲームで、「オイチョ」は数字の８を、「カブ」は９を意味する。

■チンチロリン

数人程度が車座になって、サイコロ３個と丼や茶碗を用いて、采(さい)の目の出方を賭けるもの。

「付帯事項・金銭以外はそのかぎりにあらず」

だって花束やお菓子までは、断れないではないか。読み返して見ると、いちいち付帯事項がついている。未練がましくてだらしがない。まさに竜頭蛇尾、私の個人憲法は、今のところ、挫折したままである。

第2時限目　国　語

漢字顔とカタカナ顔

ツナちゃんと一緒に京劇を見た。題名は忘れたが、漢の高祖と天下を争った項羽が、敵に包囲されて敗色濃厚となり、四方から楚の歌が聞こえるので、楚人がみな漢軍についたと思い込み、愛する虞美人《ぐびじん》と別れて、城を落ちのびていく。いわゆる〔四面楚歌〕の場面である。

きらびやかな衣装をまとった本場の俳優たちは、顔に隈取《くまど》りをつけ、大きく見得《みえ》を切る。ああ、歌舞伎とそっくりだ。抑揚のきいたせりふ回しも、立ち回りも、下座の音楽も、歌舞伎と共通している。歌舞伎の元祖といわれる出雲《いずも》の阿国《おくに》は、もしかして京劇を見たかも知れない。唐楽は七世紀に伝来している。

項羽をはじめ、武将たちの顔の下半分が、大きなつけ髭《ひげ》で隠されているのを見て、私はあッと思った。晩年の豊臣秀吉が、大名を謁見《えっけん》する場などで、つけ髭をしたのは、決して異様なことではなく、中国の貴人を真似たのではないか。

「全然、まばたきをしませんね」

ツナちゃんは、変なことに感心している。確かに俳優たちは、長セリフをいう間、カッと目を開いて、まばたきをしない。

「観客に分からないように、後ろ向きでやってるんじゃないのか?」

「いいえ、項羽も虞美人も、ずーっと正面を向いていています」

■京劇
中国の伝統的な地方劇のうち、北京周辺で大成したところからこの名がある。いまではペキン・オペラの名でも世界に知られている。なお、項羽と虞美人との最期の別れを演じたものとして、「覇王別姫」がある。


「でも、まばたきしないと、目玉が乾いて涙が出るはずだよ」

「涙も出ていません」

「そういえばそうだね。ひょっとすると、本物の目じゃなくて、描いた目かな」

「ちゃんと目玉が動いています」

「すると、特殊な目薬でもさしているのかな」

「あッ、分かりました」

「え？」

「きっと私がまばたきしてる隙《すき》に、向こうもまばたきしてるんです」

「……？」

何と自分勝手な解釈だろう。客は自分ひとりだと思っている。
後で聞いた話だが、京劇の俳優は訓練によって、三分ぐらい、まばたきしないでいられるそうだ。
やたらに影響を受けやすいツナちゃんは、すっかり虞美人が気に入り、ヤーヤーヤーと、頭のてっぺんから声を出しては、片手で袖をたぐり寄せる仕草を真似る。うるさくてやりきれない。

いうまでもなく日本の文化は、千数百年もの昔から、あらゆる分野で、中国の影響を受けている。仏教や儒教はむろんのこと、都の建設、法律体系、政治体制、経済体制、役人の組織、寺院の建築、書画陶器、生活習慣からファッションまで、日本人はむさぼるように、中国のやり方を学んできた。

遣隋使、遣唐使にかぎらず、別のルートでも、中国文化は流れ込んでいる。九州には早くから唐人町があった。トウガラシ、トウモロコシ、カライモと、中国からきたものは、何でも歓迎された。呉服はもともと、中国服の意味だ。

中国から輸入されて、日本に最大の恩恵をもたらしたものは、何といっても漢字だろう。魏志倭人伝によれば、卑弥呼《ひみこ》が君臨した三世紀の日本は、まだ野蛮国で、文字すらなかった。千数百年前、中国から漢字を貰った日本人は、これに古来の日本語を当てはめたり、仮名まじり文を発明したり、柔軟に応用して、独自の〔国語〕とした。

日本の地名や人名は、ほとんど漢字である。明治・大正・昭和・平成といった年号も、ずっと中国の古典からとっている。江戸時代の知識階級は、四書五経を学び、三国

■漢字の歴史

紀元前 15 世紀ごろの殷墟 (いんきょ) で、象形文字の甲骨文が存在した。秦の天下統一（前 221）とともに、文字も統一され、日本、朝鮮、ベトナム (安南) などに広まった。日本には 1 世紀ごろに伝わり、9 世紀以後、日本語独特の文字として「平仮名」「片仮名」がつくりだされた。

志や水滸伝を愛読し、学をひけらかすように、漢語を多用した。好んで漢詩も作った。政府の公式文書も、中国や朝鮮との国交文書も、みんな漢文であった。

近代の日本でも、文章や会話の中に、漢字漢語をふんだんに使った。権威を重んじる国会演説なんか、ついこないだまでは、漢語のオンパレードであった。ここまで書いてきた私の文章も、読み返せば漢字だらけである。考えてみると、私たちはいつも中国語を書き、発音こそ違うけれど、中国語をしゃべっているといっても過言ではない。

これは朝鮮国も同じだろう。陸続きの朝鮮半島は、しばしば中国に侵略された歴史を持つ。しかし交流も盛んであり、中国の文化を、早くから吸収している。

日本も朝鮮も、中国の影響を受けているが、従属国になったことは一度もない。中国朝廷に臣従を求められた足利義満将軍は、数次にわたる国使交換の末、日本国王の称号を与えられた。だが漢字を中心とした文化的な意味では、中国が宗主国と考えられてきたのではないか。

政治や経済は対立する。民族も宗教も対立する。だが文化だけは、対立しないのである。

漢字という共通分母を持つ日本、中国、朝鮮の三国は、たまに戦争もしたが、トータルでいうと、長期にわたって、平和な友好関係を保ってきた。豊臣秀吉の朝鮮出兵から、明治の日韓併合まで、江戸時代の三百年は、朝鮮との文化交流が盛んで、蜜月の状態であった。漢字の果たした役割は、きわめて大きい。

近世になると、日本では国家主義が台頭し、明治政府の脱亜入欧政策によって、中国何するものぞという機運が漲《みなぎ》った。富国強兵の国力は、急速に増大し、日清戦争に勝利を収め、朝鮮を併合して植民地にした。

力あまって第二次世界大戦に突入した日本は、大敗を喫して、アメリカに占領されてしまった。

それからはカタカナ英語の大氾濫《はんらん》である。漢字はどんどんカタカナに変えられた。政治家も実業家も文化人も、カタカナ英語を使わないと、威厳が保てない。かくして現代の日本語は、中国語と英語のミックスになりつつある。

韓国では、国家のアイデンティティーを尊重するため、地名も人名もハングルで表示し、漢字を使わなくなった。だが、文章や会話の中には、もともと漢字だった言葉が、ふんだんに出てくる。

これからの日本では、中国語と英語のせめぎあいがつづく。インターネットの時代は、英語が有利に見えるが、千年以上なじんできた漢字漢文も、簡単には消えな

■ハングル
1443 年李朝第 4 代国王世宗の命によってつくられ、1446 年に公布されたもので、当時の朝鮮語の音韻を分析し、音素に該当する文字を人工的につくりだした。

いはずだ。

漢字が勝つか、英語が勝つか、先のことは分からないが、私は千年もの間、日本、中国、韓国の文化交流に貢献してきた漢字文化を、とりあえず褒《ほ》めてやりたい。

日本人の先祖は、ほとんど大陸から渡来したといわれる。おおまかにいえば、日本も中国も朝鮮も、太古の昔は同じ民族であった。少しずつ顔が違うのは、風土の影響もあるだろうが、使用する言語によって、変わってきたのだと思う。発音によって、使う筋肉が違うから、顔も変わってくる。中国残留孤児が、すっかり中国人の顔になるのは、中国語を使うからだ。

最近の若者たちを見ると、日本人は漢字顔から、カタカナ頭に変化しつつあるように見える。だからどうなんだといわれても困るが、カタカナ顔には哀愁がない。

第3時限目　ディベート

男の哀愁

「中高年の男の魅力って、いったい何だろう」

酒の席の話題である。

「男はな、破産一回、離婚一回、大病一回、これで一人前だ」

「破れかぶれに聞こえるね」

「そうだよ。図々しく開き直るのは可愛げがない」

「開き直るんじゃなくて、浮世の苦しみを、ガッハッハと――」

「無理しちゃいかん」

「虚勢を張るのはみっともない」

「男は素直でなくちゃ」

「うん。若くはないんだから、ギラギラしてるのはよくないな」

「自信たっぷりのやつもな」

「べらべらしゃべるのもいかん」

「そうそう」

「あんたのことだよ」

「何だと？」

「まあまあ」

「えらそうに声高に、自慢話をするやつは、鼻持ちならない」

「そうだ。飲み屋でもてるのは、隅のほうで、寡黙に飲んでるやつだ」

「母性本能をくすぐるのか」

「何となく声をかけたくなるんだろうね」

「それじゃ、しょんぼりしてるのがいいのか？」

「しょんぼりじゃなく、泰然というかさ、平常心というかさ」

「それもいやみだね」

「カッコつけるやつはいやだ」

「枯れた男にはなりたくない」

「人間らしいほうがいい」

「ちょっと未練がましくて――」

「ちょっと怠け者で――」

「ちょっとエッチで――」

「破産したこともなく、離婚もできず、ときどき風邪をひくぐらいで、大病の経験がない。そういう平々凡々な男にこそ、そこはかとない人生がただようんだよ」

「そうか、人生か――」

「人生って何だろう」

「よく分からんが、ぼくは悲しくて滑稽なものだと思うね」

「悲しくて滑稽か」

「本人は一所懸命でも、はたから見ると何だか悲しい。ときには滑稽でさえある」

「帰っていく背中に、何となく哀愁が感じられる」

「そうだ、哀愁だ」

「髪の毛に白いものがまじり、肩にパラパラとフケ――」

「哀愁だ、哀愁だ」

「分かった。中高年の男の魅力は哀愁なんだ」

「そういえば昔のスターには、必ず哀愁があったぞ。ハンフリー・ボガートとか、ジャン・ギャバンとか、ゲーリー・クーパーとか――」

「――石原裕次郎も」

「森繁久彌も――」

「そういえば、山口百恵の人気は、哀愁そのものだったな」

「キムタクもそうだよ。ソリマチもそうだよ」

「彼らは若いぜ」

■ハンフリー・ボガート
『カサブランカ』等の作品で、ハードボイルド・スターの地位を確立した俳優。
■ジャン・ギャバン
フランスの映画俳優。深みのある演技と渋い容貌で絶大な人気を誇った。
■ゲーリー・クーパー
ハリウッドスターで、『モロッコ』、『真昼の決闘』、『昼下がりの情事』などに主演。


「若くても哀愁がある」

「それに甘さが加わっているんだから、怖いものなしだな」

大スターに不可欠なのは、甘さと哀愁である。そこに艶と深みが加わり、最後に凄みが出れば最高だ。

「中高年に甘さはあるかね」

「なくはないけど、若いやつらにはかなわない」

「それじゃ哀愁で勝負するしかないのか」

「哀愁一本道——」

「たとえば歴代首相はどうだ」

「小渕さんは哀愁があった」

「あれは意外と武器になってたね」

「橋龍にはなかった」

「美男子が裏目に出でたな」

「森さんは？」

「ないない」

「福田さんは——」

「難しいところだな」

「細川さんは？」

「あったような、なかったような」

「宮沢さんは――」

「あったあった」

「小泉さんは――」

「あるようでなかった」

「中曽根さんは――」

「なかったね」

「大平さんは――」

「あったような気がする」

「田中角栄――」

「全然なかった」

「長嶋監督はどうだ」

「え？」

「元巨人軍のさ」

「ないんじゃないの?」

「星野監督は?」

「あるある」

「野村監督は?」

「ないない」

「松井は?」

「なさそうだね」

「イチローは?」

「あるある」

「朝青龍は?」

「ないない」

「琴欧洲は?」

「あるある」

「なるほど、哀愁の正体は分からないけど、哀愁についての共通認識はあるんだな」

「食い物でいうと、ステーキには哀愁がない。スキヤキにはある」

「ウナギにはなくて、アナゴにはある。マグロにはなくて、サンマにはある」

「要するに、貧乏ッたらしいってことなのか？」

「それは違うね」

「カネの問題じゃない」

「みじめってこと？」

「それも違う。ただし哀愁とみじめは、紙一重かも知れない」

「天と地ほど違うけどね」

「義経と向こうずねぐらい違う」

「本人は哀愁のつもりでも、はためにはみじめな場合がある」

「気をつけなくちゃ」

「どうだろう。俺には哀愁があるかね」

「ないない」

「どうして――」

「デブには哀愁がない」

「そうかなあ。西田敏行なんかもてるじゃないか」

「あれは例外――」

「可愛らしさでカバーしてる」

「俺は可愛らしくないか？」

「全然――」

「ハゲもだめだな」

「だめだめ」

「額にパラリとかかったグレイの髪を、指で無造作にかきあげるのが哀愁なんだ」

「悪かったね」


ついに中高年の男の魅力は、哀愁しかないと結論が出た。みんなで哀愁道に励もうと、肩を叩き合って散会となった。

哀愁を阻害するものは、果たして何だろうか。たぶん〔虚勢〕〔むさぼる〕〔こだわる〕といった感情ではないだろうか。といって〔いじける〕〔あきらめる〕〔投げ出す〕では、みじめになってしまう。哀愁は案外、手ごわいのである。

一念発起した私は、行きつけの理髪店に足を運んだ。

「すみませんが、哀愁のただよう髪型にしてください」

主人は私の後頭部を指して、こともなげにいった。

「このへんは充分に、ただよってますけどね」

第4時限目　体　育

世渡り体操

朝の寝覚めが悪く、どうもシャッキリしない。目をこすりながら、朦朧《もうろう》と台所へ行き、コップ一杯の水を飲む。再びベッドにもぐりこみ、しばらくしてやっと起きる気になる。いっそベッドの枕元に蛇口をつければ、台所へ行かなくてすむと考え、図面まで書いて見たが、まだ実用化には至っていない。

起きるときに、からだの節々が痛いのは、トシのせいか、体重のせいか。それとも運動不足で、筋肉が硬くなっているせいか。

水泳教室に入って、水中歩行をすればよいと、熱心に勧めてくれたのは、毎年お世話になる人間ドックのお医者さんだ。水着姿の美女が、つききりで指導してくれるそうだ。

私はズボラなので、決まった時間に決まった場所へ通うのは、ことのほか苦手である。インストラクターが美女であるという保証もない。

それならば自分で、体操をすればいいじゃないかと、ベッドの中で手足を動かしたり、首を回したりするのだが、これも三日とつづかない。

個人的な感想をいえば、およそ徒手体操ほど退屈で、面倒臭いものはない。もっとも私の場合、ジョギングやストレッチは、手ごわいので敬遠し、ラジオ体操やテレビ体操の真似ごとにとどまるのだが、あれは動作のパターンに限界があり、すぐに飽きてしまうのだ。

もっと楽しめる体操はないかと、あれこれ考え、ハタと思いついたのが、宴席の余興でよく見る〈ひらがな体操〉である。いろはのいの字はどう書くの、こうしてこうしてこう書くのと、腰を動かすあれだ。

しかし〈ひらがな体操〉は、あまり上品とはいえず、TPOをわきまえないと顰蹙《ひんしゅく》を買う。やり過ぎてギックリ腰になる恐れもある。

もっと気楽で、健全で、面白い体操はないものか。ベッドの中で長考するうちに、ついに天啓のごとくひらめいたのが、ここに発表する〈世渡り体操〉である。

ユニークなこの体操は、揉《も》み手から始まる。両手の表裏を、まんべんなくこすり合わせて、血管の流れをよくする〈ごますり〉運動。

次はその手を開いて、上に向けたり下に向けたりの〈手のひら返し〉で、同時に赤い舌を出したり、ひっこめたりしてもよい。

両手で任意の空間を、下のほうから掬《すく》いとり、交互に斜め右上、斜め左上と、ほうり上げる運動を〔自分のことは棚に上げる〕といい、炭坑節を踊る人は、すぐに上達する。

次は腕組みして、アゴ先を右前、左前に突き出す。お分かりと思うが〔アゴで人を使う〕体操で、これはなかなか気持ちがいい。

同じポーズで、首を左右に動かせば〔他人の顔色を見る〕で、少し上目でやれば〔上司の顔色を見る〕となる。ヒラ社員にお薦めしたい。

腕組みを解いて、右肘《ひじ》と左肘に力を込め、交互に後方へ突き出すのが〔肘鉄を食わせる〕で、これは女子社員にお薦めしておく。

パートナーがいる場合は、向かい合っておたがいの〔肩を叩く〕。長い間ご苦労さんと、ねぎらいの気持ちをこめるのがコツ。中間管理職にはショッキングなので、省いても差支えない。首と腕の運動は、以上で充分と思われる。

足の運動は〔ポンと膝を叩く〕から始まる。しゃがんだ姿勢で、文字通りポンと膝を叩けばよい。ついでに立ち上がって、ポンとおでこを叩く。いやー、おっしゃる通り、恐れ入りましたと、首を振って見せれば完璧である。

足の裏で地べたをこすり、右足と左足を交互に、後ろへ向けて蹴り上げるのは〔後

■地団太を踏む
怒りや悔しさに身もだえしながら、はげしく地を踏みならすこと。元来は「じたたらを踏む」といった。「たたら」は足で踏んで風を送る大形のふいご。
■尻を持ち込む
問題の後始末を迫ること。

足で砂をかける〕。ネコのオシッコを観察すれば、要領を会得できるはずだ。向かい合って片足を上げ、おたがいの足をつかめば〔揚げ足をとる〕で、そのまま引っ張れば〔ひとの足を引っ張る〕体操。

さあ、足踏みを始めましょう。左右の足を、広げて踏むのが〔二股をかける〕。俯《うつむ》き加減で踏むのが〔ドジを踏む〕。天を仰いでバタバタ踏むのが〔地団太を踏む〕。

手足がすんだら、いよいよ腹を引っ込める運動にとりかかる。腕立て伏せはとても無理だから諦めよう。立ったまま両手を腰に当て、腹の皮を自在に動かして、ヘソを東西南北に移動させる。名づけて〔ヘソを曲げる〕体操。期せずして腹筋も強くなる。

腰の運動も忘れてはならない。足腰に力を入れ、右半身で右の壁を押すポーズ、今度は左半身で左を押すポーズ。説明するまでもなく〔横車を押す〕である。お好みで〔横槍《やり》を入れる〕のもよい。

尻を後ろに突き出して、後ずさりしながら、あっちこっちへ〔尻を持ち込む〕のはどうだろう。かなり図々しい体操なので、持ち込まれたほうは、迷惑がって〔尻を叩く〕かも知れない。

ストレス解消には〔他人のふんどしで相撲をとる〕のもよい。〔突っ張り〕や〔送り出し〕のほかに、新手のバリエーションを開発する楽しみもある。〔丸投げ〕〔踏み倒し〕〔褒《ほ》め殺し〕〔ひったくり〕〔差押え〕〔先送り〕〔払い下げ〕など、独創性を競えばよい。

世渡り体操の締めくくりは、見えないスコップで、せっせと地べたを掘るポーズである。題して〔墓穴を掘る〕。そこはかとなく哀愁がただよえば、自業自得の感じが出て、申し分あるまい。

だいぶ疲れたので、最後の深呼吸は〔青息吐息〕である。〔あつものに懲《こ》りてナマスを吹く〕でもよい。

ところで、ジェームス三木提案の〔世渡り体操〕は、まだ叩き台の段階に過ぎない。読者のアイデアを広く求めて、やがては権威あるものに昇華させたい。

何とバカげたことをと、おおかたは呆《あき》れ返り、鼻で笑い、中には腹を立てるむきもあるだろう。しかしそういうあなたも、きっといくつかの動作を、試みたに違いない。

従来の徒手体操は、からだを鍛えるという目的が先行し、動作そのものの意味づけが希薄である。ありきたりである。だから少なくとも私は退屈するのである。

■あつものに懲りてナマスを吹く
熱かった吸い物に懲りて、ナマスなどの冷たい料理も吹いて冷ますこと。失敗に懲りて、必要以上の用心をするたとえ。ナマスは、魚介類や野菜類を細く切ったものを酢で和えた料理。

〈世渡り体操〉の優秀性は、内発的なモチベーションを重視した点にある。潜在する願望を、肉体化するのである。からだにいいかどうかは別として、楽しいことは確かだ。

いずれヒマを見て、内容を整理統合し〈世渡り体操ソング〉を作りたい。すがすがしい音楽をつけて、正式に発表すれば、大ヒットするに違いない。これがほんとの〈濡れ手で粟〉と、浮き浮きしていたら、ベッドの中で目が覚めた。〈取らぬタヌキの皮算用〉だった。いやー、やっぱりからだが痛い。

コラムでランチ

ナマコ

ナマコの酢の物は私の大好物で、特に赤みがかったコリコリしたやつがうまい。ナマコの腸の塩辛《しおから》がコノワタだが、これもよだれが出るほどの絶品。だからというわけではないが、長女の名前は奈々子で、小学校時代はナマコというあだなだった。ついでに長男の名前をコノワタにしようと思ったが、反対されてやめた、いやこれは冗談。

「最後に〔コ〕のつく食べ物が好きです。たとえばナマコ、タラコ、スジコ、カズノコ、シラコ、タケノコ、オンナノコ――」

これもときどき私がいう冗談だが、相手はたいがい意味ありげな微笑を浮かべて、そっと私にささやく。

「もうひとつ、四文字のがあるでしょう?」

まあ、それも嫌いとはいわないが、脱線してはいけない。今回はナマコについての話である。

もともとは夏目漱石の説だったと記憶しているが、歴史上もっとも勇敢なのは、最初にナマコを食べた人物であると俗にいう。確かにあのグロテスクな色や形状を見れば、二の足を踏むのが普通だろう。中国人のように煮て食べるのはまだいいが、日本人や韓国人はナマを珍重するのだから、祖先がよほど勇猛果敢だったということか。

しかし、待てよと思う。リアルに考えてみると、古代人の食生活は貧しかっただろうから、ありとあらゆるものをいったんは口に入れてみたに違いない。その上でこれは食べられる、これは食べられない、これはうまい、これはまずいと選別し、自然に食文化を伝承していったのではないか。

　そうなると、悪がしこい王侯貴族が、率先して気味の悪い食べ物を口にしたとは思えない。最初は奴隷や罪人や捕虜に食べさせ、安全を確かめ、おいしいと分かった上で、おもむろに食卓に載せたと考えるのが自然ではないか。したがって最初にナマコを食べた人物は、同様なケースであったというのが私の推理である。

　支配者に未知の食べ物の毒味役を強いられた弱者は、拒否することもならず悲壮な覚悟で食べたに違いない。あのぶざまなナマコを前にして、実験台にされた人物はどんな思いだっただろうか。恐ろしさのあまり、失神したかもしれない。つぐんだ口をむりやりこじあけられ、強引にナマコを押しこまれたかも知れない。食べたあとはどこかに三日ぐらい監禁されて、経過を観察されたのだろうか。やがて無事だと分かったときは、褒美《ほうび》のひとつも貰ったのだろうか。そのへんのことをドラマにすれば、きっと面白いと思う。

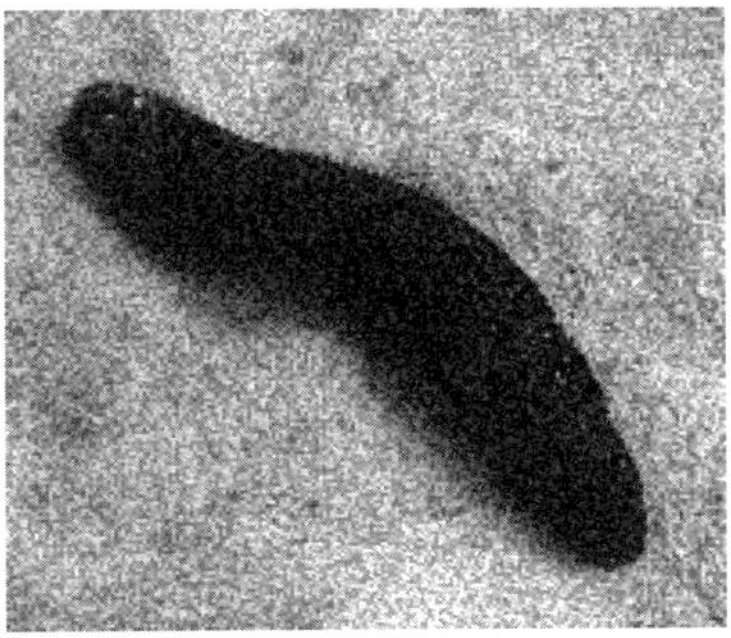

日本人とナマコの関わりは古く、『古事記』や『延喜式』（平安時代に諸国の特産物を編纂した）にも記述があり、ナマコの利用法としては千年以上の歴史を持つ。

第5時限目　化け学

知顔度

私はときどきテレビに出るので、案外に顔を知られている。街を歩くと、わざわざ立ち止まって、振り返る人がいる。丁寧に会釈する人もいる。品定めでもするように、無遠慮にジロジロ見る人もいる。

ただしテレビは、知顔度を高めるだけで、必ずしも知名度にはつながらない。

「えーと、テレビに出る人だよね」

「作曲家でしたかね」

「ロイ・ジェームスさんでしょう」

こういうとき私は、どんな顔をすればよいのか。喧嘩腰で睨《にら》み返したくなることもあるが、それではおとなげない。すました顔では気取っていると思われる。選挙に出るわけでもないのに、にこにこするのはいやらしい。

六本木を散歩していたら、喫茶店の窓ごしに、手を振る女性がいた。私も手を振りながら愛想笑いし、近づいてみると、それは喫茶店の女店員で、中から窓を拭いていたのである。こういう勘違いは、たぶん私の思い上がりからきている。

そこで私なりに反省した。いつも自然な顔でいたい。よし分かったと鏡を見る。自然な顔を作ってみる。いや、作ってはいけない。自然な顔なのだから、筋肉をゆるめてみる。なんだかだらしがない。ちょっと口元を引きしめる。もう自然さは失

■ロイ・ジェームス
ロシアから日本へと亡命してきた白系ロシア人。タレントのE・H・エリックの紹介で芸能界入りし、外人タレントのはしりとなった。

われている。

今度は鏡を見ないで、もっとも自然と思われる顔をしてみる。それから鏡を見る。つまらない顔だ。やっぱり不自然だ。うーん、自然な顔ほど、むずかしいものはない。ふつうに考えて、人が自然な顔になるのはどんなときだろう。ひとりでトイレにしゃがんでいるとき、電話をかけているとき、熱心にテレビを見ているとき、ふむふむ。

もっとも自然な顔は、天寿を全《まっと》うして、棺桶の中に横たわったときかも知れない。死者の顔は、あらゆる煩悩から解き放たれて、実にいい顔になるらしい。しかし残念ながら、自分の死顔を見ることはできない。また誰にも見られたくない。つらつら思うに、自然の心がなければ、自然の顔なんてできるわけがない。

では自然の心とはいかなるものか。恐らく〔虚心坦懐〕あるいは〔無の境地〕をいうのだろう。凡夫の私が無の境地に達するには、どんな修行が必要なのか。このへんで自然の顔は、あきらめざるを得ない。できるだけ自然に見える顔を、人為的に作るしかない。

「顔立ちと顔つきは違います」

これは山藤章二さんの言葉だ。なるほど顔立ちは先天的なもので、変えようがないが、顔つきは環境や心構えや生き方で変わる。当面は顔つきで勝負するか。

テレビに出ている人をよーく見ると、みんないい顔を作っているようだ。いい人に見られたいという執念が、ひしひしと伝わる。なんだか涙ぐましいくらいだ。男でも女でもこれは同じである。みんな自分の顔を気にしている。だが厄介《やっかい》なことに、自分が思っているような顔には、なかなかならないものである。

そういえば向田邦子さんが、よく嘆いていた。

「近ごろの俳優さんに、幸せそうな顔をしてくださいというと、みんな自慢そうな顔になるんですよ」

私は人が騒ぐほどの美男子ではないが、ふた目と見られないほどひどくもないと、自分なりに評価している。ところが、よそいきのいい顔をして歩いているつもりなのに、ふとショーウインドウなどに映った顔を見て、ギョッとする。テレビに出ている自分の顔を録画して、こっそり鑑賞することもあるが、まずはがっかりして、自己嫌悪に陥る。

私は肥満気味なので、集合写真を撮るときは、二重あごにならないように気をつける。鼻が低いので、なるべく横顔は避けたい。右顔よりも左顔に自信（？）があるので、できれば左側から撮って欲しい。薄くなった後頭部を、後列の人から見られるのも気になる。そうした雑念も、写真うつりに影響しかねない。

「チーズ！」

シャッターの瞬間は、笑うようにしている。どんな顔でも、笑顔がいちばん無難だし、私も昔は歌手なので、営業お笑いには慣れている。

そこまで苦心惨憺《さんたん》しているのに、素人カメラマンは、どうしてあんなにへたくそなのか。シャッターが切れなかったり、フラッシュが不発に終わったりして、成功率は五〇パーセントに満たない。無駄に笑ったことが、何とも忌ま忌ましい。

後で写真を見ると、誰も笑っていなくて、私ひとりの作り笑いが、妙に浮いて見えることがある。無意味な笑顔は、偽善的な匂いがする。だからこのごろは、むやみには笑わない。少なくとも歯は見せない。まあ力んでも仕方がないが。

鏡やテレビや写真の中の自分が、不当にみっともないとき、私はその虚像を指して宣告する。

「これは真実の私ではない。世を忍ぶ仮の姿である！」

女性の多くが、化粧や髪型にこだわるのは、顔立ちや顔つきを、カバーするためだが、ここで高名な美人女優、玉石千代子（仮名）のエピソードを紹介する。

ロケ先の宿で、急病になった千代子は、化粧をする間もなく、救急車で病院に担ぎこまれ、地元の医師の診察を受けた。

「お世話になります。女優の玉石千代子でございます」

「はあはあ」

医師は注射を打ち、カルテを見ながら、おもむろに訊《たず》ねた。

「で、あなたはいつから、自分を玉石千代子だと、信じるようになったのですか?」

医師にしてみれば、ブラウン管で見る千代子とは、似ても似つかぬ別人が、そこにいたのである。

これは珍しいことではない。私も撮影所の食堂で、目の前の女優に、○○さんは元気ですかと、訊ねてしまったことがある。それがすっぴんの本人と気づかずに。

さて、こうした場合、生まれながらの顔と、化粧した顔とは、どちらを本物と見るべきだろうか。私は化粧した顔こそ、本物であると考えたい。世間に認知されているからではなく、その女性の本質が、化粧に表れているからだ。

ある人は眉を濃く描き、ある人は、唇をピンク色に塗り、ある人は髪を赤く染める。これは職業によって違い、性格によって違い、趣味や教養によっても違う。

たとえば美容院に行って、髪をカットして貰う。よっぽどオシャレに興味のない人か、底抜けに素直な人でないかぎり、そのまま気に入って満足する人はいない。ぶつぶつ文句をいうか、大急ぎで家へ帰って、自分で直したりする。これは美容師と自分との美意識が違うからだ。化粧は身上書であり、その女性の文化なのである。

男だって、うかうかしてはいられない。そうだ、私も次にテレビに出るときは、メイキャップ担当の女性に、なるべくキュートな感じにしてくださいと頼んでみよう。

■化粧の歴史

日本の古墳時代の埴輪は、頬に朱を塗っている。古代エジプトで発達したアイシャドーの起源が、毒虫や眼病から目を守るためだったとされるように、実用的な面もある。アフリカのマサイ人などでは、女性よりも男性がきらびやかに化粧する。

第６時限目　課外指導

クドキ学［入門編］

「愛とか恋とかいうけれど、所詮《しょせん》はホルモンが騒いでいるだけだ」

こう喝破《かっぱ》した人がいる。確かに生理学的には、そうなのだろうが、ちょっと悲しくもある。

「女性をくどくのは、男性に課せられた使命であり、人類絶滅を回避する崇高な行為である」

そこまで仰々しく考えるのも、なんだか辛《つら》い。無用のプレッシャーがかかりそうだ。要するに男は〔女をくどく動物〕なのである。それが運命なのだと、割り切るところから、本章のテーマに入りたい。

「女をくどけない男は、仕事もできない」

営業も会議も外交も政治も、基本はくどきである。情熱を傾け、秘術をつくして、相手を説得できるかどうかが勝負なのだ。女もくどけないようでは、話にならない。

近ごろの若い男性は、平均的にオス度が減退し、昔ほど積極的に、女性をくどかないそうだ。文明の過度の発達が、人間の根源的な野性を、侵害しつつあることは否めない。安定した管理社会の一員として、冒険を恐れる風潮も根づいている。ふられたときのみじめさを、あらかじめ想定し、いたずらに傷つきたくない、むだなエネルギーを消耗したくないという、無気力で功利的な気分も蔓延《まんえん》している。

■イソギンチャク
六放サンゴ類に属する。先端の中央に口があり、周囲にふさ状をした多数の触手がある。獲物が触手にふれると体の中に包み込み、きんちゃくの口を締めたようになる。

だから若い男性は、冗談まじりにしか、女性をくどかない。むしろ女性にくどかれるのを待っている。男はイソギンチャクではないぞ。

実戦体験が少ないから、ＡＶでセックスを学習し、いきなり新婚旅行で、顔面シャワーを浴びせるバカもいる。男はシャケではないぞ。

親愛なる若君たちよ。まず次のセオリーを、百回唱えなさい。

「ふられることは恥にあらず」

これが〔くどき学入門〕の第一歩である。くどこうか、くどくまいかと迷うのは、愚の骨頂である。だめでもともと考えなさい。ふられてふられて、ふられまくりなさい。

「君と結婚したい」

最高のくどき文句は、プロポーズである。三十億人もいる女性の中から、ひとりを選ぶのだから、相手はぐらりとなる。決して悪い気はしない。だが女性を騙《だま》してはいけない。

本当に結婚する覚悟がなければ、使ってはならない。（ついでながら、女性から見て、交際中の男性に、結婚の意思があるかどうかを探りたいなら、家族のことを訊いてみればよい。親兄弟についての話題を避けるようなら、まず見込みはない）

結婚の意思の有無に拘《かか》わらず、とりあえずくどきたいのが、男性の本音だろう。ならば先の例文「君と結婚したい」から〈結婚〉の二字を省けばよい。

「君としたい」

実もフタもないようだが、実はこれが、いちばん成功率が高い。

「させー」

博多ッ子のくどきは、単刀直入である。むだな飾りがない。女性の返事も簡潔である。

「いいや、あんたにゃさせん」

確かに結論は早いが、こうしたストレート方式は、よほど慣れていないと、張り倒されるので、気をつけたほうがよい。

そこで、言葉を、柔らかくシュガーコートして、それとなく基本方針を伝える工夫をする。

「夜明けのコーヒーを、君と一緒に飲みたい」

「どこか靴を脱げる場所で、リラックスしたい」

「俺、イビキかくけどいいかな」

「君を毒牙にかけたくなった」

■大久保清

1970年代初頭、最新のスポーツカーに乗り、約150人の女性に声を掛け、十数人と関係し、８名を殺害、死体を埋めて遺棄した。ベレー帽を被ってルパシカを着て、「絵のモデルになってくれませんか？」と片っ端から女性に声をかけていた。76年に死刑。

「ぼくは大久保清ですが――」

ロマンチックなのから、ひねりの効いたものまで、昔の若者のパターンを並べてみた。大久保清は有名な色魔である。

「一回だけ。誰にもいわない」

これは某有名俳優の、必殺のくどき文句である。女性の心理をうまく衝《っ》いているので、ぜひ参考にしてほしい。ただしこの俳優も、すでに高齢となり、最近のくどき文句は変わったそうだ。

「妊娠しない。いじるだけ」

笑ってはいけない。男というものは、くどきの執念を、死ぬまで失ってはならないのだ。

アメリカでは、三回デイトをすれば、三回目はＯＫという、暗黙の了解が、行き渡っているそうだ。さすがに合理主義というか、ちゃんと男性が、モトをとれる仕組みになっている。日本はそうはいかない。男性の投資の多くは、回収不能のままで終わる。

そこで私は、不遇な日本男性のために、きわめて効果的な、くどきの奥の手を伝授しておく。

「女性には女性の都合がある」

注目すべき最大のポイントは、まさしくここにあるのだ。自分の都合だけで、くどいてはならない。相手の事情を、どこまで深く察しられるかが、成功のカギである。

冷静に考えれば、いかにくどいても、絶対に落ちない女性が、二割はいる。夫や恋人がいたり、男に興味がなかったり、誘惑して肘《ひじ》鉄を食わすのが趣味だったり、実はワレメがなかったり。

逆にいつでもOKで、簡単についてくる女性も、二割はいるだろう。

「私って胸がないし、足も太いし、それに毛深いの」

OKタイプは、たいがい自分のからだについてしゃべるから、容易に識別できる。残りの六割は浮動票である。常に迷っていて、くどき方次第では、どうにかなるのである。これにOKタイプを加えれば、何と八割（！）は可能性があるのだ。

ところが実際は、くどいてもくどいても、ふられてばかりいる。成功率は一割にも満たない。これはくどき方がへたなのだ。つまり女性の都合を考えていないのだ。女性の都合とは何か。まず重要なのは、生理であるかどうか。排卵期であるかどうか。あるいは腋毛《わきげ》を剃《そ》り忘れていないか。三枚千円のパンティーをはいていないか。パンストに穴があいていないか。ニンニクを食べていないか。

なんだ、そんなつまらんことと、思ってはいけない。女ごころはまことに繊細である。我々は、いや君たちは、実につまらない理由で、ふられているのだ。

それが理解できれば、自然に対応策が、浮かんでくるではないか。

「次回にくどくと予告する」

これなら女性も、万全の準備ができる。生理を避け、排卵期を避け、腋毛を剃り、フリルのついた可愛いパンティーと、新しいパンストをはき、ニンニクを食べずに、覚悟を決めてやってくる。どうだ、これで勝ったも同然ではないか。

愛は礼儀である。相手の立場を優先することである。私が説いているのは、単なる効率だけではない。え？　もしも相手が、デイトを断ってきたら？　おいおい、そこまでいわせるの？　君は完全にふられたのだから、潔く引き下がりなさい。

ハイ、御苦労さん。

第三日目　火曜日〔平常授業〕

第1時限目	心理学〔集団的固定観念〕
第2時限目	生　物〔イヌ族ネコ族〕
第3時限目	神　学〔君は神になりたいか〕
第4時限目	数　学〔因数分解〕
昼　食	〔いなりずし〕
第5時限目	園　芸〔シクラメンのような男〕
第6時限目	進路相談〔町内留学〕

第1時限目　心理学

集団的固定観念

世間の常識はすべて、集団的固定観念である。複数の非常識が一致すれば、それもグループ内の常識であり、集団的固定観念である。

コペルニクスや、ガリレオ以前の人々は、地球が丸いとは、思ってもいなかった。江戸時代の人々は、忠義を最高の道徳とし、身分差別を正しいと考え、妾《めかけ》を持つのは男の甲斐性と信じた。面目を失った武士は、切腹するのが当然であった。

タバコもついこないだまでは、正当な趣味嗜好とされ、芳香を放つオシャレと受け止められていた。古い流行歌で、タバコを否定的に歌ったものは、ただのひとつもない。

集団的固定観念は、強制と反復によって醸成される。これをよくも悪くも洗脳という。しつけも教育も宗教もイデオロギーも宣伝広告も、まさしく洗脳である。純粋で誠実な人間ほど、洗脳され易く、異様な集団的固定観念の中では、殺人さえも肯定される。

こどものころの私は、大東亜戦争を聖戦と信じ、神である天皇陛下の赤子として、一日も早く戦死しなければと、本気で思っていた。私だけではない、日本中の男の子は、みんな米英撃滅のため、特攻隊に入るのが夢であった。食糧がなくても、原爆が落ちても、いつかは神風が吹いて、日本が勝つと思っていた。軍国教育という

■洗脳とマインドコントロール
両者は特定の主義・思想を持つように仕向けること、またはその方法を指す。児童からの教育段階で偏った情報を与えて、特定の思想や価値観を持たせてしまう場合はマインドコントロールに、既に成長した人間に働き掛けて、特定の主義・思想に（本人の意思に関わり無く強制的に）変更してしまう場合は洗脳に分類される。

洗脳の結果である。

オウム真理教の犯罪を、誰が嗤《わら》えるだろうか。五十数年前の日本は、国を挙げてオウム状態にあった。みんなが竹槍で、人を殺す準備をしていた。人間は誰でも、オウム状態になり得るのだ。罪は罪として、裁かれなければなるまいが、いまだにマインドコントロールから、抜け出せない信者を、少なくとも私は、なじる気になれない。

今の社会環境は正常だろうか。自分の精神の立脚点は、ゆるぎない地平にあるだろうか。いいえ、とんでもない。私たちの日常は、つねに膨大な量の集団的固定観念に囚《とら》われ、支配されつづけている。

〔お受験〕しかり、車社会しかり、株式市場しかり。恐らく後世から見れば、信じられないほど奇妙な常識に、どっぷり漬《つ》かっている。毎朝九時に出社して、八時間拘束されるサラリーマンは、会社奴隷と見なされるかも知れない。

アメリカの南北戦争で、解放された奴隷の多くは、自分が悲惨な奴隷であったという意識が薄く、むしろ将来に不安を持ったという。

「鳥は飛ぶ。人間は飛べない」

これは何万年も人類を支配した集団的固定観念である。飛べないからといって、鳥を羨《うらや》みはしない。人間より鳥が上等だとも思わない。そういうものだと思い込む馴れが、集団的固定観念である。

しかし人間は空を飛んだ。空どころか、他の天体にまで飛んで、鳥の領域をはるかに凌駕した。集団的固定観念を、ライト兄弟が打破したからである。

「最初にナマコを食った人は勇気がある」

これも一般常識だが、グロテスクなナマコを、最初に食ったのは、どんな人物だろうか。私は罪人だと思う。権力者はキノコでも何でも、まず罪人か捕虜に、無理やり食わせて見る。死んでしまえば毒物で、うまいといったらみんなが食う。あらゆる食べ物は、そうやって開発されたのではないか。私は新薬を、最初に飲まされる患者のほうが、よっぽど勇気があると思う。

「マツタケは最高級珍味である」

確かに歯ざわりと香りは、得難い秋の風物詩である。だがあの歯ざわりは、キュウリに優《まさ》っているだろうか。香りはカボスに勝っているだろうか。私なら一本一万円のマツタケより、ステーキを選ぶ。マツタケが高いのは、数が少ないからに過ぎない。それなのにでかい顔して、生意気だ。人に貰わないかぎり、食ってやるものか。他人は何というか知らないが、私はフォアグラよりも、あん肝《きも》が上と信じる。ヒラ

■カボス

ミカン科の常緑小高木。酸味が強く生食には適さないが、芳香があり、風味に優れ、食酢用として珍重される。

■ヒラメの縁側

上下のひれの付け根の部分についている肉のことで、とくに味のよい部分とされている。

メの縁側よりも、新鮮なサンマが上と断定する。集団的固定観念に、支配されることなく、自分の舌で、素直に味わうことを大切にしたい。

ゴッホの〔ひまわり〕でも、ベートーベンの〔運命〕でも、無理に有難がる必要はない。嫌いなら嫌いで構わない。理解しようと努力するのはよいが、一般常識におもねって、自分を偽《いつわ》るのは卑怯である。

集団的固定観念は、政治や商売にも利用される。神戸の大地震で高速道路が崩れると、東京の高速道路の補強工事が始まる。業者はウハウハである。そんなものは最初からやっておきなさいよ。

オイルショックにおびえて、トイレットペーパーを買いあさったり、二千年問題に振り回されて、七輪や懐中電灯を買うのも、何だか情けない。占い師に飛行機事故で死ぬといわれ、絶対に乗らなかった人が、墜落してきた飛行機に、自宅もろとも押し潰《つぶ》されて死んだ話がある。人はいつどこで、どんな死に方をするのか、予測できないのだ。

芸術家や発明家の仕事は、いかに集団的固定観念から、脱却するかにつきる。芸術や新商品は、常識と真理の中間に存在する。

ためしに次の概念に、○×をつけて戴きたい。

「クリスマスには、サンタクロースがプレゼントを持ってくる」
「人類の祖先はアダムとイヴだ」
「人の命は地球より重い」
「東大出は頭がいい」
「飛行機は新幹線より早い」
「宴会はとりあえずビールから」
「巨人軍は球界の盟主だ」
「女子高生に処女は少ない」
「核兵器は戦争の抑止力だ」
「政治家に頼めば裏口入学できる」
「警察に知り合いがいれば、交通違反を揉《も》み消せる」
「鼻の大きい人はあそこも大きい」
「民主主義は正しい」
「一夫一婦制も正しい」
「銀座は高い」
「少子化で教育産業は前途多難だ」

「これから儲かるのは老人福祉と、環境問題関連産業だ」
「血液B型は無節操で調子がいい」
「キャビアはカボチャよりうまい」
「アメリカにやられたイラクとユーゴが、北朝鮮と組んで、日独伊三国同盟を再現する」

ここでは○×の数が、問題なのではない。一分以内に○×がついた人は、ものを考える習慣がない。簡単に洗脳されてしまう。三分以上かかった人も危ない。猜疑心が強く、協調性に欠けるから、芸術家になるしかない。

断っておくが、集団的固定観念のすべてが悪いのではない。先人の智恵の結晶もある。真理に近いものもある。大事なのはこれらを鵜呑みにせず、なぜそうなのかを、自分との関係で、つねにチェックすることである。これまでの教育は、集団的固定観念を、植えつけることだけに汲々としたが、これからは考える個の確立をめざすべきだ。

(コノ文章ヲ読ンデ、ソノ通リダト思ッタラ、アナタハスデニ洗脳サレテイル)

第2時限目　生　物

イヌ族ネコ族

自分の体内に、太古の祖先の遺伝子が、確実に息づいていると、感じるときがある。たとえば私は冬の間、書斎に加湿器を使うが、タンクに水道の水を入れるとき、必ず尿意を催す。急いでトイレに入って用を足し、加湿器に戻ると、タンクはちょうど一杯になっている。まるで水道の蛇口と、タンクと、私のからだが、連動しているような錯覚に陥る。

いや加湿器だけではない。ヤカンでも洗面器でも、あるいはホースで水を撒《ま》くときでも、シャーシャー、チョロチョロという水音には、そこはかとなく尿意を誘われる。

はじめは私だけかと思い、恐る恐る訊いてみると、三人のうちふたりは、自分もそうだという。女性も例外ではなかった。

つらつらおもんみるに、我々の祖先は、小便の匂いを、外敵に嗅ぎつけられないように、水の流れる場所で、用を足したのではないか。そのＤＮＡが、子孫の私たちに、伝わっているのではないか。

そういえばネコの場合は、小便をした後、前足で砂をかける。砂がなくても、そういうしぐさをする。これもＤＮＡが、匂いを消せと指令しているに違いない。

どうやら人間の祖先には、自分の小便に砂をかける習慣が、なかったらしい。少

■テリトリー
動物の個体または集団が、他個体または他集団の侵入を防衛し占有する地域をいい、縄張りともよばれる。鳥類では「さえずり」によるものが多いが、臭覚の発達しているホニュウ類では、臭いづけが一般的だ。シカでは眼下腺分泌物、ウサギでは肛内腺分泌物を利用する。

なくとも私は、砂をかけたいと思ったことはない。（もし砂をかけたい衝動にかられる人がいたら、誰にもいいませんから、そっと教えてください）

動物をよく観察すると、自己防衛の匂い隠しとは、まったく逆に、おのれのテリトリーを、誇示する排尿行為もある。これはオスの本能らしく、たとえばイヌは、あっちこっちに、小便を撒き散らして、縄張りを主張している。他のイヌの小便の匂いが、少しでもすれば、やっきになって、その上に小便をかける。

人間だって、まだ立ち小便が許された時代には、立木や電信柱や板塀を、好んで標的にした。鳥居の絵や〔小便無用〕の文字は、必ず木材に書かれていた。たぶん木材は、匂いがしみつき易いからだ。

今の若者はどうか知らないが、我々の世代は、木に小便をかけることで、ふしぎな安息感を得た。鉄柱やコンクリート塀では、匂いがしみつかないし、しぶきが跳ね返ってくる恐れもあるのだ。星空の原っぱで、あるいは横町の角で、しみじみと放尿できた昔がなつかしい。大げさではなく、昔の路地裏の電信柱は、小便でえぐれていたのだ。

立ち小便が不自由な現代では、特に都会では、先祖のＤＮＡが、窮屈な思いをしているかも知れない。それが若者の非行と、関係があるというのは、さすがに暴論だと思うから遠慮しておくが。

前にテレビを見ていたら、動物学の先生が、イヌとネコの違いを、面白く解説していた。

大昔はイヌもネコも、森林地帯に棲息していた。獲物が豊富で、外敵から身を守るにも、便利だったからだろう。やがてイヌは山を下りて、草原で活躍するようになった。動機は分からないが、木登りが下手だったからではないか。(独断です)

遮蔽物のない平地で、身を守るには、団体行動が望ましい。イヌが群れをなして、勇敢に襲いかかれば、ライオンのような強敵にも、勝つことができる。

団体行動には、判断力のあるリーダーが、必要になってくる。おのずから掟《おきて》が生まれ、命令系統がくっきりする。秩序を乱すイヌは、容赦なく追放される。

飼い犬を見れば分かるが、イヌは上下関係に敏感である。その家のボスが誰であり、自分の地位が何番目かを、すぐに嗅ぎ分ける。主人と認めた人間には、忠節のかぎりをつくし、子どもは相手にしない。

ネコのほうは、根が不精なのか、山を下りないで、森林地帯にとどまった。昼間は本拠地を離れず、居眠りばかりしている。夜になると物陰に隠れ、目をランランと輝かせて、獲物が現れるのを待つ。

ネコは群れをつくらない。気ままに単独行動を貫く。上下関係もくそもないから、態度が尊大である。人間に対しても、媚《こ》びようとしない。おいでおいでをしても、気が向かなければ、知らんぷりである。

ここでまた小便だが、勢力分野を拡張したいイヌは、あちこちに撒き散らす。獲物をおびき寄せたいネコは、砂をかけて匂いを消す。

要するにイヌとネコの性格は、棲息環境と行動様態に適応して、枝分かれしたようだ。

ただしネコの場合でも、交尾期のオスは、要所要所に小便をして、テリトリーを主張している。察するに同族には、自分の匂いを認めさせたいが、獲物には悟られないようにしたいのだ。オスネコは小便のつど、そうした二律背反に、苦慮しているのではないか。

人間の場合は、生活が多様化しているので、小便文化も複雑である。おおまかにいって、獲物を求めて移動する狩猟民族は、ネコのように匂いを隠し、土地に密着する農耕民族は、イヌのように匂いを主張する。（この説は口から出まかせであるから、信用しないように）

職業で分類すれば、公務員や会社員に適しているのはイヌ族である。上下関係に敏感で、組織の掟にしたがい、ボスに忠節をつくす。相手が強ければシッポを振り、弱ければ吠えまくる。

芸術家や自由業に適しているのはネコ族である。疑い深くて、自尊心が強く、決して人のいいなりにはならない。エサを貰っても、当たり前だと思っている。

政治家の多くはイヌ族である。たえず選挙区を回って、自分の匂いを植えつける。徒党を組んで派閥に属し、親分のために利権をあさり、票とカネの分け前にありつく。

ネコ族の政治家は、個性が強過ぎて、親分のいうことを聞かない。掟を破って、群れから遠ざかる。小沢一郎がそうだ。麻生太郎、加藤紘一は、いずれもネコ族なのに、群れを離れようとしない。さてはイヌっぽいネコ族なのか。それともネコのふりをしたイヌ族なのか。（そういうお前はどうなんだ）

はいはい、私はネコ族です。群れに属さず、徒党を組まず、書斎に寵もって、妄想たくましく、ドラマをでっち上げる一匹のネコです。水の流れる音で、尿意を催すのが、何よりの証拠じゃありませんか。

いや待てよ。いつだったか野村沙知代女史と、対談したときの言葉を思い出した。

「男の浮気なんてね、イヌが電信柱にオシッコかけるのと同じよ」

けだし名言である。女性を電信柱に見立てるのは、恐れ多いが、なるほど、男が浮気をしたがるのは、匂いを移して、自分のテリトリーを、拡張するためだったのか。だったら私もイヌ族かな。いやいや、ひょっとして、イヌとネコの混血かも知れないな。

第3時限目　神　学

君は神になりたいか

人類史上最大の発明は何かというアンケートがあった。ある人は文字と答え、ある人はテレビと答えた。酒と答えた人も、コンピューターと答えた人もいた。私は躊躇《ちゅうちょ》なく〔神〕と答えた。神が人間をつくったのではなく、人間が神をつくったのである。

神よ、お許しください。正直者の私は、自分の考えを、率直にいってしまいました。「全能なるものを神という。全能であるからには、存在することも、もちろん可能である」

これはプラトンによる〔神の存在の証明〕である。はい、分かりました。神は存在します。

何だか大それたことを、書いてしまったが、本章のテーマは、神仏論ではない。人間は神をつくれるのかどうかを、考えてみたいのだ。

大陸から伝来した仏教では、成仏といって、死ねば誰でも、ホトケになると教える。魂魄この世にとどまる幽霊や、地獄に堕ちた人間でも、やがてはホトケになるそうだ。これは薬師寺の偉いお坊さんに、確認したのだから間違いない。

ところが死んだ人間が、神になるのは、なかなか難しい。ひとくちに神といっても、古代ギリシャの神、キリスト教の神、アラーの神、日本では天照大神《あまてらすおおみかみ》、八百万《やおよろず》

■豊国大明神

秀吉は豊国大明神として豊国神社（京都）に祀られたが、豊臣家滅亡後、徳川家康により全ての建造物は破却され、大明神の号も剝奪された。現在、秀吉が主祭神として祀られている神社は、京都以外には豊國神社（大阪市）、豊国神社（長浜市）、豊国神社（名古屋市）である。

の神と、いろいろあるが、少なくとも日本では、特別に選ばれた人間だけが、神になることを許された。

さて、人間が神になる場合、誰がその認定をするのか。神の位にはどんな基準があるのか。本来は神が審査するのが、妥当だと思われるが、実際には神託を受けた代理人、神官、権力者、ごく稀《まれ》には大衆など、この世の人間が認定している。果たして神は、そのことを許しているのだろうか。

晩年の織田信長は、自分が神ではないかと、錯覚したフシがある。合戦ではいつも、奇跡の勝利を収め、思うがままに、天下を手に入れたからだ。だから三千人もの僧侶を焼き殺して、罰が当たるかどうかを、試したのである。

だが最後は本能寺の変で、明智光秀に殺され、やはり神ではなかったと、悟ったに違いない。

上昇志向の強い豊臣秀吉は、神になりたかった。誰でもなれるホトケでは、物足りなかった。秀吉の神号は〈豊国大明神〉である。〈明〉は見えることだから、この世に姿を現した神

を意味する。

その秀吉に、強烈なライバル意識を燃やした徳川家康は、神号を〔東照大権現〕とした。秀吉と同じ大明神では、二番煎じになるので、あえて大権現を選んだのだ。権現の意味は明神と同じである。

秀吉と家康の神号は、いずれも朝廷に申請して、認可を得たものだ。ちなみに二代将軍秀忠は、謙虚な性格だったらしく、自分はホトケでよいといって、増上寺に葬られた。家康を尊敬した三代将軍家光は、望んで日光東照宮に祀《まつ》られた。

歴史をひもとけば、人間から神に昇格できたのは、将軍や大名などのほかに、戦さで手柄を立てた英雄とか、万人の認める功績を残した学者とかに、かぎられている。

戦場の露と消えた足軽や雑兵などが、神として祀られた例は、私の知るかぎり皆無である。彼らはみんなホトケになったのだ。

主君のために死ぬのが、当然とされた武士階級は別として、無理やり戦場に駆り出された無名戦士が、あえなく命を落とすとき、ただひとつの心の拠《よ》り所は、死んでホトケになることであった。

将軍や大名が、熱心に仏教を保護し、やたらに寺を寄進した理由のひとつは、そ

■松蔭神社・乃木神社・東郷神社
松蔭神社は江戸時代末の思想家・教育者、吉田松陰（松蔭）を祭神とする神社。松陰の墓所がある東京都世田谷区と、松蔭の生誕地である山口県萩市にある。乃木神社は明治時代に活躍した軍人、乃木希典を祀った神社。東郷神社は日露戦争で活躍した東郷平八郎を祀った神社。

うした無名戦士たちに、死を納得させるための方便であったと、私は推測している。それが近代になると、事情が一変し、松陰神社、乃木神社、東郷神社といった具合に、神格化される人間が急増した。そして軍部が台頭し、実権を握るや、富国強兵策の一環として、戦死した軍人は、大将から二等兵に至るまで、すべて靖国神社に祀ることになったのだ。

軍人となって、国のために死ぬことを、奨励するには、戦死者を神格化するのが早道だ。神の位は一種の顕彰であり、御褒美《ほうび》である。この場合、誰でもなれるホトケでは、御褒美にならない。説得力に欠ける。ましてや仏教は、外国から伝来したものである。

日本は国威発揚のため、精神面でも諸外国と一線を画し、独自のアイデンティティーを、確立しなければならなかった。それが皇国史観であり、現人神の天皇を柱とした国家神道であった。世界制覇の野望を抱く軍部は、靖国神社を切札に、徴兵制度を強化して、軍事力を増大し、戦争への道を突っ走った。

「国に命を捧げた人を、尊ぶのは当然だ。この人たちのおかげで、今日の日本があるのだ。靖国神社参拝に反対する理由が分からない」

小泉元首相は、靖国神社の〔英霊〕を、戦没者というが、正しくは戦死した軍人である。ここでいう国とは何か。戦時中は国家イコール天皇であった。軍人が命を捧げたのは、国家神道の枠の中であり、冷静に見れば、国家に命を取られたともいえる。

戦没者のおかげで、今日の日本があるというのは、単なる感傷論であり、私には納得しかねる。今日の日本があるのは、生き残った人々が、よくがんばって、苦難を克服したからではないか。

太平洋戦争で、命を失った日本人は、ざっと三百万人である。そのうち神として祀られるのは、軍人にかぎられた。原爆で死んだ人や、沖縄で犠牲になった民間人は、哀悼の意を示されるだけで、神にはなれなかった。本土空襲で死んだり、戦火に追われて川で溺れ死んだり、外地からの難民で餓死した人は、ほとんど忘れられている。

こうした死者の格付けは、国のために、進んで死ぬことを強制した軍国主義の理念が、今も尾を引いているということだ。アメリカや中国などの戦勝国は、日本を民主化することで、軍部や支配階級の圧政から、国民を解放したと思っている。

ところが日本は「一億総懺悔《ざんげ》」と称して、戦争責任をうやむやにし、国民全体の罪にすりかえた。

■A級戦犯
ポツダム宣言に基づき、極東国際軍事裁判所条例第五条（イ）項により定義された戦争犯罪人で、東条英機など、極東国際軍事裁判（東京裁判）で有罪判決を受けた者をさす。

靖国神社へのA級戦犯合祀が、外国の強い反発を買ったのは、そのギャップが、原因なのである。戦争の犠牲になったのは、日本人だけではない。中国や東南アジア諸国にも、たくさんいた。

首相が靖国神社に参拝するなら、かつての国家権力に代わって、戦死者に〔謝罪の意〕を、表明してほしい。ついでに戦死者の神格化を、決めたのは誰なのか、何のためなのかを、しっかり考えてほしい。

靖国神社に祀られた戦死者には、仏教徒もキリスト教徒もいる。不本意な死を強制され、一律に神格化されて、憤慨《ふんがい》している霊もある。

政府は一日も早く、無宗教の国立墓地をつくり、戦没者の霊を、公平に悼《いた》むべきである。

第４時限目　数　学

因数分解

街を歩いていて、公衆電話をかける必要が生じ、ポケットを探ると、百円玉しかなかった。まだテレホンカードがないころの話である。

あたりを見回すと、○○信用金庫の看板が目についた。しめたとばかりに駆け込んで、窓口嬢に百円玉を差し出した。

「すみません。十円玉に替えてください」

「かしこまりました。そこに両替申請用紙がありますので――」

私は面食らったが、仕方なく住所氏名を書き、百円玉一枚を、十円玉十枚に替える手続きを、書式通りに申請した。

「しばらくお待ちください」

窓口嬢は木の番号札をくれた。十分たち、二十分たち、私のいらいらは、頂点に達した。百円玉を崩すだけなのに、なぜこんなバカげた手順が、必要なのか。私は電話を急いでいるのに。

このシステムは、いまだに改善されていない。ある銀行員にこの話をしたら、今はコンピューターを通すので、もっと厄介だという。徹底した合理主義が、かえって滑稽な不合理を生むケースは、これからもっとふえるだろう。

金融機関が金銭の出納に、神経質なのは理解できる。たとえ一円のミスでも、ス

■因数分解

$2x^3 + 4x = 2x(x^2 + 2)$.　$a^2 - b^2 = (a - b)(a + b)$　というように、和（足し算）や差（引き算）の整式を、積（かけ算）の形にあわすこと。

タッフ全員が、居残りでチェックする話はよく聞く。上司が一円出せばすむのに、電気代のほうが高いだろうにと、よけいな心配もしたくなるが、とにかくマニュアルに忠実が建前なのだ。

窓口嬢がポケットマネーで、両替を処理するなんてことは、職務上の絶対タブーに違いない。しかし金融機関はサービス業であり、スピードもサービスの一環であることを、忘れないでほしい。

文明の無分別な発達により、業務のコンピューター化が、恐ろしい勢いで進んでいる。便利といえば便利だが、従来の営業マニュアルや、ビジネスパターンが、通用しなくなって、社員がノイローゼに追い込まれるケースも少なくない。人間が機械に支配され始めたのである。

特に日本人の商談は、まず宴会に招いて相手を酔わせ、いい気分にさせておいて、帰りの玄関で靴をはきながら、例の件よろしくと、耳元で囁《ささや》くのが普通だから、インターネット時代のスピードには、とてもついていけない。

「社内に持ち帰って、上司と検討します」

これではこどもの使いであり、相手にも見放される。およそ交渉の場に、決定権を持つ人間が、派遣されないようでは、その企業の前途は暗い。世の中のサイクルは、どんどん早くなっているのだ。

機械と人間のギャップを埋め、人間らしく生きていくには、二つの方法が考えられる。ひとつは機械文明の発達に、ブレーキをかけることだが、人間はそれほど賢くないので、全世界のコンピューターを、破壊するなんてことは、不可能に近いだろう。なにしろ核兵器の廃絶すら、できないのだから。

もうひとつの方法は、社会のシステムや、個人の思考回路を変革し、機械文明から、振り落とされないようにすることだ。

私の考える変革のキーワード、それは〈因数分解〉である。

世の中がゆったり進んでいたころは、システムも思考も足し算でよかった。スピードが早まった現代の一年は、昔の、百年に値いする。足し算は間に合わないから、掛け算にしなければならない。和の計算式を、積の計算式に変えるのだ。これが因数分解理論である。

「ドラマは数学である」

映画界の恩師野村芳太郎監督は、そう教えてくれた。ムダな登場人物はひとりも要らない、なくてもいい場面は、あってはならないと。

私は三十年の修練を積み、やがて極意を体得した。ドラマの構成は、場面と場面、

■いちご大福

餡を餅で包んだ大福に、イチゴを入れた和菓子の一種で、昭和 60 年頃に生まれた。

■天むす

海老の天ぷらを具にしたおにぎり。名古屋（中京圏）の名物としても知られる。

人物と人物、要素と要素が、掛け算になっていなければならない。足し算にしかならない部分、つまり因数分解できない部分は、すべてオミットする。

この理論は、ひょっとして世の中のあらゆる分野に、通じるのではないかと、私は思うようになった。ドラマは人間関係を通じて、世の中全般を描くものだからだ。因数分解理論は、政治や経済のシステムに、会社の経営に、学問の方法に、そして人間関係に、応用できるに違いない。

いうまでもなく掛け算とは、相乗効果を期待することだ。人事でいえば、社員Aと社員Bのコンビが、掛け算になるように組み合わせ、足し算にしかならない社員は、リストラの対象にすればよい。ところてん式の年功序列ではなく、ピッチャーとキャッチャー、ストライカーとアシストの関係を、社内にたくさん作るべきなのだ。

絶妙の組み合わせは、大きなエネルギーを生む。食品でいえば、とろろと麦飯、そばとニシン、カモとネギ、イカと納豆、ブリと大根など、食卓を百年も賑《にぎ》わせている。いちご大福や天むすは、どれくらいつづくかが今後の課題である。私のささやかな発明は、ちらしずしにアンチョビ、うな丼にイクラで、いつか世に問いたいと思っている。

掛け算のヒット商品は、たとえばラジカセ、パンスト、温泉病院である。ホテトルやキャバクラは、足し算の域を出ていない。

そこでいま話題の省庁再編であるが、減らすのはいいとして、役所の合併が単なる足し算では、ほとんど再編の意味がない。

私の事務所の周辺は、年がら年中道路を掘り返していて、恒常的な交通渋滞を招いている。よくいわれることだが、年度末は特にひどい。

上水道は厚生労働省、下水道は国土交通省、電話は総務省、電気とガスは経済産業省の管轄だから、きのう埋めたと思ったら、今日また掘り返している。不合理きわまりない点では、信用金庫の窓口と変わらない。ああいうのを一本化してこそ、因数分解的再編といえるのではないか。

私なら防衛省と国土交通省を合併させて、災害時の救援だけでなく、道路や橋の建設にも、自衛隊を派遣できるようにする。これも立派な国土防衛だし、公共事業費の節約には、もってこいだろう。自衛隊の顔を立てるために、憲法改正をいうよりも、民間企業の要請があれば、人材派遣に応じるくらいの融通性が、あっていいと思うのだが。

政界を支配する数の論理も、所詮は足し算に過ぎない。思いきっていわせて貰えば、民主主義の大きな弱点は、多数決という足し算方式にある。それは誰でも分かりつつあるのだが、民主主義を超える社会体制が見当たらないので、黙って我慢しているのが現状だ。

数の論理や多数決が、暴力の肯定に走るようなら、民主主義の根っこの部分を、見直す必要がある。私はそこにも、因数分解理論を加える余地が、あるような気がする。

コラムでランチ

いなりずし

仕事で飛び回っていて、食事をしそこなうことがよくある。私はこどもと同じで、腹が減ると元気がなくなり、機嫌も悪くなる。そのへんはスタッフがちゃんと心得ていて、いつのまにかスーパーマーケットから〔いなりずし〕を買ってきてくれる。三つぐらいパックになっていて、紅ショウガがほんの少々ついているあれである。別に私が注文するわけではない。黙って誰かが買ってくるのだ。

なぜか私はタヌキ顔をしているのに、〔いなりずし〕が好物で、毎日食べても飽きない。ただし非常食だから、自宅で食べることはほとんどなく、いつも車の中とか楽屋とかである。スタッフは私に〔いなりずし〕さえ与えておけば、すべて丸くおさまると思っているようだ。私の思い過ごしかも知れないが、なんとなくバカにされているような気がしないでもない。

もともと私はあぶらげが好きだが、口に入れて静かに噛《か》みしめれば、ジュッと甘辛い汁の出る〔いなりずし〕の袋には、特になつかしさと安心感を覚える。二口ぐらいで食べられる大きさといい、味のしみたゴハンの広がり具合といい、時と場合によっていくつでも食べられる便利さといい、誰が何といおうと私は〔いなりずし〕を支持する。私ばかりではあるまい。今ではどこでも簡単に〔いなりずし〕を手に入れることができる。このゆるぎなき事実こそが、世の中に〔隠れいなりずしファン〕がいかに多いかを、雄弁に物語っているのではあるまいか。

小学校の運動会や遠足のとき、母が作ってくれる弁当は、なぜか〔巻きずし〕と決まっていた。どこの家にもそれなりに、ごちそうのランクがあるのは当然だし、私も〔巻きずし〕が嫌いだったわけではないが、ついつい同級生の家族が広げる〔いなりずし〕に目をつけ、物々交換をしてはうまいなと思ったことを覚えている。私の〔いなりずし〕びいきは、そのころ培《つちか》われたものかも知れない。

最近はグルメ志向のせいか、外側をてんぷらで巻いたり、中身がタケノコごはんだったり、かなり高級化したものが出ているが、ああいうのは邪道だと思う。〔いなりずし〕は庶民の食べ物だから、本来の姿をしたシンプルなものにかぎる。いくら高級でも、遠来の客をもてなすのに〔いなりずし〕を出すのは気が引けるし、久々に〔いなりずし〕で一杯やろうというのも変だ。たとえば私のように、せっぱつまった状況で手軽に口に入れるというのが、正しい食べ方であろう。

ご参考までに〔いなりずし〕は、よく劇場の楽屋見舞いに届けられる。みんなで分けて食べられるので重宝される。腹の減っている若い人たちは特に喜ぶ。

ついでに小話をひとつ、ある人が部下にディケンズの〔大いなる遺産〕を買ってくるように命じた。やがて部下は残念そうに戻ってきて、ディケンズのはありませんでしたといい、紙包みを差し出した。けげんに思って聞いてみると〔おいなりさん〕が出てきたという。部下は作家のディケンズを、ファーストフードの店と間違えたのである。

第5時限目　園　芸

シクラメンのような男

　私は〔シクラメンのような男〕といわれている。え？　聞いたことがないって？　そりゃそうでしょう、そういってくれるのは、わが家のツナちゃんだけですから。

　その理由の第一は、私がシクラメンと同じく、暑がりの寒がりだからである。ただしシクラメンの生存に適する温度は、摂氏一五度から一八度である。そこでツナちゃんは、シクラメンの鉢が並ぶリビングの温度を、夜間は一八度に下げる。おかげで私はいつも、寒い思いをしながらテレビを見ている。

　理由の第二は、私が毎朝飲むコップ一杯の水にある。からだにいいといって、ツナちゃんがベッドまで、運んでくれるのだ。ところがある朝のこと、トイレに起きた私が、何気なくリビングを覗《のぞ》くと、ツナちゃんが同じコップで、シクラメンに水をやっているではないか。花を愛するツナちゃんは、毎朝シクラメンの残り水を、私に飲ませていたのだ。目くじらを立てて、争うほどのことでもないから、私はおとなしく、シクラメンのお流れを頂戴して、弟分になっている。

　理由の第三は、ツナちゃんによれば、シクラメンの和名が、ブタノマンジュウであるからだそうだ。そのブタノマンジュウが、どういうふうに、私と関連するのかは、まだ確かめていない。

　私がツナちゃんを尊敬するのは、実にたくさんの花の名前を知っているからだ。

■シクラメン
サクラソウ科の球根草。葉の上に咲く花が、かがり火に似ているところから和名をカガリビバナともいう。「ブタノマンジュウ」は英語名の sowbread の訳語。日本には明治末期に渡来した。古代ギリシアでは薬草として扱われたという。


これは自然を愛し、山川草木に親しんだ両親の影響で、ツナちゃんは幼時から、樹木や草花に囲まれて育ったのである。

「小さくてもお庭のあるお家がいいな」

「だめだめ、都心では無理」

一緒に暮らすことになったとき、ツナちゃんと私が交わした会話の一節である。ツナちゃんは庭いじりがしたかったのだ。諸般の事情で、私はその夢を叶えてやれなかった。

その結果、わが家（マンション）のベランダには、ススキ、萩、フジバカマ、サザンカの鉢が、所せましと並び、おまけに猫の石像まで、置かれている。むろん室内も、玄関といわず、階段といわず、洗面所といわず、シクラメン、チューリップ、シンビディウム、バラ、ユリ、トルコ桔梗《ききょう》、ポインセチアなど、これはほとんど戴き物だが、花だらけである。

それでも飽き足りないのか、暮れには花の種や、球根を買ってきて、植木鉢に仕込んだ。私には何が生えてくるのか、さっぱり分からない。

ツナちゃんは、生け花のセンスも抜群だが、室温や日当たりを、こまやかに変えて、花を長持ちさせる達人でもある。

暮れ近く、到来物のコチョウランが、一輪ずつ枯れ落ちて、ついに臨終かと思われたころ、ツナちゃんは大胆にも、ブツブツと根元を切り、一本だけ枝を残した。

正月になると、その枝の先端に、再び芽が出て、三輪の花が咲いた。その手腕を褒《ほ》め讃《たた》えると、ツナちゃんは軽くこういった。

「ゼンちゃんも手足を切れば、どっかが元気になるかもね」

笑ってはいられない。恐ろしいジョークである。

え？　ゼンちゃんとは、私の愛称である。善ちゃんでも、全ちゃんでもない。情けないことに、前立腺の前ちゃんである。ではツナちゃんとは、どういう意味か。それは彼女の名誉のために伏せておく。

ツナちゃんのジョークは、おおむねブラックであり、ときにアバンギャルドである。

どこかの駅の寒いホームで、電車を待つ間、ゼンちゃんとツナちゃんは、背中と背中をくっつけ、上下にすり合わせて暖をとった。ツナちゃんポツンといわく。

「これが二律背反ですかね」

何だか分かったようで、分からないが、ひょっとすると、相対性原理でつながるかも知れないと、錯覚させるのがミソである。

■二律背反
矛盾、パラドックスのこと。ギリシア語で法律の条文につじつまのあわないところがあるのをさすのに用いられたことばに由来する。一般に、それぞれ正しいことが明らかであるような二つの文が、論理的に両立しないことが発見されたときに、「二律背反に陥った」という。

私は二十年以上も、睡眠用のアイマスクを使っている。ところがある夜、どうしてもそれが見つからず、あきらめてベッドに入った。やはり眠れないで、ジタバタしていると、ツナちゃんがいった。

「大きめのでいいですか」

「ああ、いいとも—」

翌朝、熟睡から覚めた私は、ツナちゃんがつけてくれたアイマスクを見て、唖然とした。それはブラジャーだったのである。

あるときホテルのブランチで、私はステーキを食べていた。若い奥さんを貰ったので、がんばっているんだと、周りの客を感心させたかったのである。

やがてひとりの青年が、色紙を持ってきて、サインを求めた。私はすらすらとサインペンを走らせた。

〔君の青春は輝いているか〕

つづいていつものように〔ほんとうの自分を隠してはいないか〕と、書くつもりだった。そのときツナちゃんが、横から小声でいった。

「ぼくの前立腺は肥大している」

「こら!!」

私は噴き出してしまい、その先を書けなくなった。

私はもろもろの事情で、体重を一〇キロ落とせと、医師の勧告を受けている。ところが年末から年始にかけて、アルコールつきの外食がつづいたせいか、逆に体重がふえた。

着服のまま、こわごわ体重計に乗ってみると、ややや、三キロもオーバーしている。慌《あわ》てて上着を脱ぎ、ズボンを脱いで計測しても、一キロぐらいしか減らない。焦った私はシャツを脱ぎ、ズボン下を脱ぎ、体重計に乗ったり下りたりしながら、とうとうパンツまで脱いで、スッポンポンになった。

こうなったら意地である。百グラムでも減らしたいと、靴下を脱ぎ、腕時計とメガネもはずす。

「ついでにオチンチンも、はずしたらどうですか」

冷やかに横目で見ていたツナちゃんが、あっけらかんといった。

「おいおい、ふざけるな」

「そりゃそうですね。はずしても体重が変わらなかったら、ショックですものね」

何をかいわんやである。私の自尊心は、ズタズタに傷ついた。

私はもう若くないので、目が覚めたときに、パジャマの下部が、テントを張った

■西部戦線異状なし

ドイツの作家レマルクの書いた小説名。第一次世界大戦当時の戦場における人間精神の荒廃を追求して、ベストセラーとなり、映画化もされた。「西部戦線」とは、第一次世界大戦でドイツ軍が英仏連合軍と対峙した戦線のこと。

ように、ピンと盛り上がっていることは少ない。正直にいうと滅多にない。ツナちゃんはその部分を、パジャマの上から、さらりと点検してつぶやく。

「西《(性)》部戦線異状なし」

レマルクの反戦小説であり、かつて評判をとった映画の題名である。映画通のツナちゃんは、古典的名画をほとんど見ている。

「ぬか悦《よろこ》びも、悦びのうち」

これもツナちゃん語録のひとつである。そのとき楽しければ、後で勘違いと分かっても、楽しんだ分だけトクという意味だ。

「楽天的でいいね。よし、それをわが家の家訓にしよう」

「だから、私がいなくなっても、悲しまないでね」

「？」

第6時限目　進路相談

町内留学

「今の若いやつらはなってない。日本の未来はどうなるのか」

おとなはみんなそういう。このセリフは、いつの時代も同じように、繰り返されてきた。私たちの若いころだって、脚より細いマンボズボンや、こてこてのリーゼントヘアが流行し、アプレゲエル（戦後派）なんていわれて、おとなの顰蹙《ひんしゅく》を買いっぱなしだった。

若いやつらがだめだとすれば、それを育てた親たちが、だめということにほかならない。親たちがだめということは、そのまた親たちがだめということで、さかのぼっていけばキリがない。

断言しておくが、若いやつらが最初からだめということは、決してあり得ない。親がだめにしてしまうのである。ならば若いやつらを救うには、どうすればよいのか。答えは簡単、なるべく早い時期に、親と切り離せばよいのだ。

昔の武士階級は、今よりもっと教育熱心であった。大名の親は名高い僧侶や学者を招聘《しょうへい》して、マンツーマンの教育をさせた。武田信玄の快川和尚《かいせんおしょう》、伊達政宗の虎哉《こさい》禅師、上杉鷹山の細井平洲などである。

大事な嫡男を、親から切り離して育てるのは、ごく当たり前で、特に母親との関係は、おおむね遮断されていた。昔は政略結婚が多く、ときには敵方から妻を迎え

■快川和尚（快川紹喜）
武田信玄に迎えられた臨済宗の僧。武田勝頼が織田信長に攻められ、火中に没した。
■虎哉禅師（虎哉宗乙）
快川和尚の弟子。伊達政宗の父に招聘され、政宗とはまれにみる強い師弟関係を結んだ。
■細井平洲
江戸後期の儒者。諸藩の経世の実践者として優れ、米沢藩主・上杉鷹山の師として活躍。

たので、母親に育てさせるのは、危険な面があったかも知れない。しかしそれだけではないだろう。母親べったりは、教育上よくないと、誰もが考えていたに違いない。精神分析学の見地からいっても、幼児への母親の影響は、およそ父親の比ではないらしい。成長の後も無意識に、インナーマザー（内なる母親）の支配を受けるのだそうだ。

町人階級でも、老舗《しにせ》のぼんぼんが修業のため、丁稚奉公《でっちぼうこう》に出されることはよくあった。要するに他人のメシを食わせたのである。可愛い子には旅をさせたのである。幼いころから、教育のプロに預けて、びしび し育てるのが、理想とされ、それが何百年もつづいたのだから、親は子の教育に、向いていないという結論に達する。昔の人はやっぱりえらい。

「若いやつらを叩き直すには、徴兵制度を復活して、軍隊生活を経験させるのがいちばんだ」

近ごろよく、そういう声を耳にする。私の親しい友人までが、声を荒らげて力説する。

ちょっと待ってくれ。いくら何でも、教育の現場と、軍隊を直結するのは、乱暴過ぎるではないか。その前に学校教育を、きびしく見直すのが先決でしょうが。

私の提案はこうだ。なるべく若いうちに、親元から離して、団体生活を経験させること。中学でも高校でもいい、少なくとも一年間は、親の作ったメシを食わせないこと。それを大学進学の条件とすること。

さあ、日本中の教育ママは、顔色を変えて騒ぎ立てるだろう。私の大事なひとり息子を、取り上げてどうするの？　団体生活でひどい目に遭わせるつもり？　そうです、その通りです。文句があるなら、もっとたくさんこどもを生め。

今の子は、めったに家の手伝いをしないから、飯も炊《た》けない、ボタンもつけられない、掃除もロクにできないのが多い。団体生活をすれば、そうはいかないのである。しかし現実問題として、どんなかたちで、中高生を団体生活に追い込むのか。ひとつは留学である。留学のすばらしさは、外国語を覚えることではない。親と離れて暮らすことなのだ。特に親と子が、文通によって意思を確かめ合うのは、感動的といっていい。しかし今の子は、すぐに国際電話をかけるから、どうしようもない。留学の価値は、これでほとんど暴落した。

それでは全寮制はどうか。戦前の旧制高校は、全寮制が原則で、旧制中学も、女学校も、寄宿舎が多かった。進学しない者には、若衆宿というのがあって、ほとんどが団体生活を経験したのである。

■ホームステイの基本ルール
＊寄宿する間は家族の一員となり、その家庭のルールで生活する。
＊出来るだけその国の言葉で話し、出来るだけホストファミリーと一緒に過ごす。
＊家で食事を取らない場合は、ホストに事前に伝える。
＊帰宅が遅れるときは、連絡して用件を伝える。
＊全ての交通費、電話の通話料金は自分で支払う。手伝いは積極的にする。

都合のいいことに、今は少子化の時代で、校舎がだぶついている。経営困難な私学もふえるだろう。これをみんな寮にすればいい。私にはもうひとつ、とっておきの案がある。こどもを交換して通学させる町内留学制度である。おたがいに他人の子を預かり、ホームステイさせるのだ。

他人の家なら遠慮もあろう。挨拶もするし、少しは手伝いもするだろう。町内留学が制度化され、自分の子を他人に預けるとなれば、恥をかかせまい、苦労させまいと、あらかじめ常識を叩き込み、しつけにも気を配るだろう。

ついでに学校教育の中身についてだが、まず昔と今とでは、学問の目的がずいぶん変わったことを、きちんと指摘しておきたい。

昔の学問は、人間をつくるためにあった。教養を深め、人格を高めるためにあった。今の若者に、学問の目的を訊いてみるがいい。受験のため、就職のため、資格を取るため、カネ儲けの方程式を見つけるため、あるいは嫁入り道具としての学歴をつくるためである。

今は文明の進歩に振り回されて、外国語も、ダンスも、車の運転も、カラオケも、パソコンも、インターネットも覚えなくてはならず、論語中心の昔とは違って、実利的にならざるを得ないのは分かる。そのくせ中学高校で、道路交通法や公職選挙法を教えないのは、なぜだろうという疑問もあるが。

教育というからには、実利面だけではなく、人間をつくり人格を高める努力があって当然である。それをないがしろにしたから、教育現場の荒廃を招いたのである。突然の民主主義にとまどい、教育のビジョンが混乱し、修身とか道徳とかを、排除したのは失敗だったかも知れない。親切とか、正直とか、思いやりとかを、教えて悪いはずがないのである。その反動で、またぞろ国家主義が、台頭しつつあるのはもっと危ない。

修身とか道徳とかは、要するに言葉の問題であって、私はこれを〔哲学〕といえばよいと思う。小学校一年生から〔哲学〕を学べば、何の問題もないではないか。昔の教育との違いを、もうひとつ挙げれば、今のこどもは、教師を選ぶことができない。

学校のない江戸時代は、教師を選ぶことができた。これぞと決めた師の門を叩き、門弟となって、じかに学ぶことができた。今は国民のすべてが、教育を受ける時代だから、機械的にクラス分けされるのは仕方がないし、能力がなければ、学校すら選べない。

そういう意味で、今のこどもは不自由である。ある教科を好きになるかどうかは、多くの場合、教師にかかっているのだ。退屈な授業ほど、こどもをスポイルするものはない。

小学校でも、カリキュラムを工夫して、なるべく好きな先生の授業を受けられるように、できないだろうか。ほかの学校への一日留学なんてのも、楽しいと思うけど。

第四日目　水曜日〔平常授業〕

第1時限目	ホームルーム［智恵の時代］
第2時限目	美　術［形について］
第3時限目	政治経済［株式症候群］
第4時限目	体育会系活動報告［巌流島の決闘］
昼　食	［タダ飯］
第5時限目	健康診断［前立腺肥大］
第6時限目	課外指導［クドキ学（実践編）］

第１時限目　ホームルーム

智恵の時代

大河ドラマを書くのだから、歴史に強いと思われる。思われるのはいいが、講演会によばれて〔戦国大名の経営学〕とか〔歴史に見る女性像〕とか、注文をつけられると、ただただ途方に暮れる。

正直いって私は、ほとんど歴史を知らない。高校時代も興味がなかったので、成績は悪かった。

たとえば〔八代将軍吉宗〕を書くと決まったとき、私の基礎知識は皆無であった。吉宗が小石川の養生所を建てたことも、目安箱を考えたことも知らなかった。〔独眼竜政宗〕のときも同様である。

ゼロの状態、白紙の状態から、にわか勉強が始まる。関係資料を山のように、これはＮＨＫが集めてくれるのだが、吉宗と名のついた本を、ことごとく網羅して、私の前に積み上げてくれる。

準備期間はおよそ三カ月、受験勉強みたいな騒ぎになる。全部読めば何年もかかるので、何冊かの基本資料を、嗅ぎわけて選び出す。これを徹底的に分析する。不思議なことに私の頭は、驚くべきスピードで回転する。あれれ、私はこんなに頭がよかったのかと、感心するほどだ。人間の頭脳は、土壇場に追いつめられたとき、異様によく働くことを、見事に証明している。

■小石川養生所
江戸時代に幕府が設置した無料の医療施設。徳川吉宗が主導した享保の改革における下層民対策のひとつ。養生所を舞台とした山本周五郎の小説に「赤ひげ診療譚」があり、「赤ひげ」のタイトルで黒澤明によって映画化された。

結局私は三カ月の勉強で、一年間の大河ドラマを書いた。さすがに終盤近くは、自転車操業状態だが、とりあえず二度これを経験すると、妙な自信が湧いてくる。なーんだ知識なんてものは、トシをとってからでも、充分間に合うじゃないか。

まさしくその通り。知識は本にいっぱい書いてある。今はフロッピーにもつめこまれている。必要なときにひっぱり出せば、知識はいつでも間に合うのだ。

間に合わないのは智恵である。脚本家の智恵とは、どんなふうにドラマを組み立てるか、人物の配置をどうするかということだが、これはそう簡単ではない。若いときから訓練して、感性を養っておかなければ、急においそれとはいかない。

それなら若いうちは、智恵を身につけたほうがいい。こどものときから智恵を磨くべきだ。むろん知識だって、ないよりはあったほうがいいが、こっちはトシをとってからでも遅くはないのだ。

ところが日本の教育は、知識偏重である。小さいときから、何をどれぐらい知っているかというテストばっかりやって育てる。日本ではものをたくさん知っている人が、えらいことになっている。果たしてそれでいいのだろうか。

これまでの日本は、ひたすら外国の真似をすればよかった。外国で生まれた智恵を、知識として導入し、これを追いかけていれば何とかなった。おかげでどんどん力をつけて、経済大国などと、もてはやされるに至ったのである。

さあ、そろそろ日本から外国に向けて、華々しい智恵が発信されてもいいころだが、どういうわけか産業界にしても、学界にしても、政界財界、文化芸術といったさまざまな分野でも、目の覚めるような日本の智恵が、世界を席捲《せっけん》したという話を、まず聞いたことがない。強いていえばカラオケと、インスタントラーメンぐらいなものか。

どうやら日本の教育を、見直すときがきているようだ。知識はいくらあっても、それ自体にエネルギーはない。知識をゆり動かすのが、智恵である。頭でっかちの日本人は、これが不得手なのである。

去年だかおととしだか、私は新聞のコラムで、フランスの大学の入試（バカロレア）の問題を見た。文系理系共通の第一問はこうだ。

「先入観はすべて間違っているか」

つづいて第二問。

「あらゆる事柄は正当化できるか」

何と魅力的な設問だろう。ここには○も×もない。ものの考え方を問いかけているのだ。

■バカロレア
フランスにおける大学入学資格を得るための統一国家試験のこと。高校卒業者、卒業見込者であっても大学進学のためには、バカロレアを受験し一定の得点を得る必要がある。この認定を取ると、定員制限さえ満たしていれば、ほとんどの大学に入学することができる。


これに対して、日本のある大学の去年の入試問題。

「ペルリ来航のとき、黒船が四艘やってきた。そのうち蒸気船は何艘だったか」

こんなことを知っていて、何の役に立つのだろうか。日本の教育を変えるには、まず大学の入試問題から改めるべきだ。


智恵という意味で、日本はずいぶん外国のお世話になった。

まず私たちは中国から文字を貰っている。このエッセイでも、半分ぐらいは漢字が並んでいる。仏教とか儒教とかの東洋思想も、政治経済のシステムも、生活習慣も、ほとんど中国から学んでいる。もちろんインドからも学んでいる。

朝鮮半島からも、何千年にわたって、多彩な文化の影響を受けた。江戸時代、将軍が代わる度に来日した朝鮮通信使（文化使節団）が、いかに日本人の教養を高めたことか。

私たちはチェーホフを愛し、ドストエフスキーに感動した。チャイコフスキーの音楽にも陶酔した。ロシアにも大変お世話になっている。北方領土をめぐる交渉の場でも、そういうおとなの会話ができれば、うまくいくのではないかと思うが。

ドイツ文学やフランス文学に、人生の指針を求めた人は、少なくないだろう。私たちはシェイクスピアの芝居を見てきたし、スコッチウィスキーを飲み、ワインを楽しみ、ジャズに耳を傾けるのである。

文化ということに限定すれば、日本は国際貢献されっぱなしだ。これを忘れてはならない。日本人はもっと謙虚であるべきだ。

悲しいことに日本の智恵は、外国から求められていない。アテにされるのは経済援助だけである。

少なくとも江戸時代は、知識よりも智恵が上と見られていた。たとえば徳川吉宗は学問が嫌いで、漢文が読めなかった。当時のインテリは漢文を読むのが条件だったはずだが、吉宗は仮名まじり文に書き直して貰って、やっと読めたそうだ。

そういう将軍が、卓抜なアイデアを次々に出して、見事な行政改革をやってのけた。〔享保の改革〕でもっとも有名なのは〔相対《あいたい》済まし令〕といって、事実上の借金棒引き令である。いま吉宗が生きていたら、どんな経済政策をとるだろうか。
吉宗の曾祖父にあたる徳川家康はこう語っている。
「学問には目学問、耳学問、からだ学問があり、もっとも大切なのは、からだ学問である」

■相対済まし令

武士（旗本、御家人）と札差（高利貸）との間の金銭貸借についての訴訟を認めず、当事者間の話し合い（相対）による解決を命じたもの。旗本層の救済をねらうと同時に、金銭的訴訟の急増による刑事裁判の停滞を解決しようとした。

豊臣秀吉も無学であった。彼が残した手紙は、あて字だらけである。それでも秀吉は、智恵のかたまりといわれ、ついに天下人となった。

生半可《なまはんか》な知識は、ときに智恵の邪魔をする。知識偏重の教育に馴らされて、高級官僚や政治家になったインテリに、日本の将来を託すのは、なんだか心もとない。

今の時代こそ智恵が必要なのだ。智恵さえ出せれば、ボキャ貧でも構わない。漢字が読めなくても恥じることはない。

第2時限目　美　術

形について

花はなぜ美しく咲くのだろう。何のために芳香を放つのだろう。それはハチやチョウチョウなどをおびき寄せ、蜜の供給と引換えに、花粉を運んで貰うためだ。花は植物の生殖器官なのである。

するとハチやチョウチョウには、花の形や色を、識別する能力があるということだ。そうでなければ、花があんなに一所懸命、美しさを誇示するはずがない。

万物の霊長である人間が、ハチやチョウチョウと、同じ美意識を持って、花を眺めていると思うと、嬉しいような、情けないような、変な気持ちになる。

ただし、花が美しく咲くのは、人間を楽しませるためではない。花たちから見れば、何の挨拶もなく、勝手に手折《たお》っていく人間の存在は、迷惑千万なのである。花にとって、人間の形や匂いは、憎悪の対象に違いない。だからバラはトゲで武装し、スギは花粉をばらまいて、人間を攻撃するのだ。

およそこの世に実在する物質は、すべて形を持っている。しょっちゅう形が変化する液体や気体は別として、山も川も、動物も植物も、家も道路も、食料品も文房具も、一定の形を持ち、それぞれの輪郭を持っている。私たちは無数の形に、囲まれて生きているのだ。

ハチもチョウチョウも人間も、そうした形に、美を感じたり、嫌悪感を抱いたりする。花はもちろんのこと、風景も家具も食器も、そして異性の容姿も、輪郭を持った形として視野に入り、その美醜や好感度を、脳が判定するのである。

人間の男性にとって、もっとも好ましい形は、女性の裸身であるまいか。異論のある方は、手を上げてください。いませんね？

男性は女性のヌードを見ると、脈が早くなり、呼吸が荒くなる。花に群がるハチやチョウチョウと同じように、冷静さを失うのである。画家は昔から、好んで女性の裸体を描いた。カメラが発明されると、ヌード写真が巷《ちまた》に氾濫した。男性は悩まされ、女性の裸身ほど美しいものはないと学習し、生殖本能をかき立てられた。

むろん、すべての女体が美しいわけではない。二重アゴとか、三段腹とか、ずん胴とか、大根足とか、ペチャパイとか、必ずしも鑑賞したいとは思えないケースも、ないことはないですがね。

美に対する感覚は、ディテイルにおいて個人差があって、ある人は法隆寺がいいといい、ある人は金閣寺がいいという。丸顔のふくよかな女性が好きだったり、面長の細めの女性が好きだったりする。

桃山時代の名物茶碗を、ためつすがめつ、いじくり回して、感嘆のうめきを洩らす人がいる。ニワトリや芋虫や、カニやナマコの形に、嫌悪感を催し、悲鳴を上げ

青森県

新潟県

石川県

る人もいる。

どうして私たちには、好ましい形と、好ましくない形が、あるのだろうか。その基準は何なのか。

私の考えでは、人間も花と同じように、生殖につながる性的欲望（リビドー）と、生命を維持する防衛本能が、働くからだと思う。好ましい形を見れば、うっとりして気持ちがよくなる。好ましくない形には、警戒心を抱いて心を閉ざす。

それに先祖のＤＮＡや、生まれ育った環境や、教育や経験が、微妙に重なり合って、個々の判断基準が、醸成されるのである。

突然ではあるが、ここで、ちょっとした実験を試みたい。実験台は私自身である。いま私の目の前に、日本列島の白地図がある。四十七都道府県が、直線や曲線で、仕切られている。

この平面図を、バラバラにして、各県の輪郭を、おもむろに眺め、独断と偏見によって、美のランクづけを強行する。事前に断っておくが、この実験は、何の役にも立たない。単なる思いつきであり、他意はもちろんない。

まず青森県が目につく。杵《きね》のような下北半島と、臼《うす》のような津軽半島が、陸奥湾をはさんで、バンザイしているのが勇ましい。武将のカブトのようにも見える。

千葉県

愛知県

鹿児島県

新潟県も雄大である。大鵬が翼を広げた姿に、ワンポイントの佐渡が効いている。次に石川県も、竜のような能登半島が、頭をもたげて、実に凛々《りり》しい感じがする。千葉県は九十九里浜の曲線と、内陸部への切れ込み、房総半島のふくらみ具合など、なかなかセクシイではないか。

愛知県は渥美半島と知多半島が、カニのハサミのようで、泡をぶくぶく出しているのが面白い。

高知県は弓なりに胸を張って、さあ、どこからでもかかってこいと、敵の大軍を、睨《にら》みつけている。

鹿児島県はがっしりした両腕に、珠のような桜島を抱いて、頼もしいナイトのようだ。

まあ、こんなところがAクラスといえようか。共通しているのは、すべて個性的な海岸線を持っていて、半島や島のアクセサリーに、富んでいることだ。中でも私のナンバーワンは、青森県である。

Bクラスを北から順に並べて見よう。道北道南に傑出した輪郭を持つ北海道。四角四面でまじめくさった秋田県。仙台湾と牡鹿半島の釣合いがよい宮城県。どっしり構えて安産型の福島県。左右のバランスのとれた静岡県。内陸部でせいいっぱい歌っている岐阜県。琵琶湖を囲んでおっとりした滋賀県。荒々しい凹凸の若狭湾を持つ福井県。ながながと寝そべりカウチポテトふうの島根県。大きなタンコブを出してユーモラスな大分県。グチャグチャして前衛書道めいた長崎県。間隔よく島を連ねた沖縄県。

Aが七、Bが十二で、あとの二十八はCクラスということになる。異論があるのは当然だが、これは県の優劣ではなく、県境の輪郭を比べているだけなので、目くじらを立てないように。

私がいいたいのは、何の意味もない形が、見る側の知識や趣味によって、あるいは潜在する性的欲望や、防衛本能によって、さまざまな感情を引き起こすということだ。

そういえば、スポイトで落としたインクの染みの形から、何かを連想させ、精神を分析する方法もあった。

一転して夜空に目を向けると、人間が勝手に命名した星座がある。大熊座、小熊座、乙女座、さそり座、双子座、あるいは北斗七星、南十字星と、形のないところに補助線を引いて、それぞれにロマンチックな伝説をつくり、星占いまでして、楽しんでいる。

■カウチポテト

ポテトチップを食べながらソファー（カウチ）に寝転がり、リモコンを片手にテレビを見ているといった、豊かではあるが不健康な生活をしている状態。

こうして人間は、恋とか夢とか約束とか思い出とか、あるいはシステムとか綱領とか教訓とか、形のないものまで、何とか形として、記憶したがる傾向がある。人間はありとあらゆる概念を、形として捉えなければ、不安で仕方がない。たとえそれが、言葉や活字に過ぎなくてもである。形而上学の本質とは、案外に、そうした不安の表れかも知れない。

第3時限目　政治経済

株式症候群

経済学を学んだことがないので、株式については、ほとんど無知である。恥を忍んでいえば、なぜ株が上がったり、下がったりするのかも、正しくは把握できていない。

だから、株で儲けようと思ったことは一度もない。あるとき善意の知人に、これは絶対に買うべきだと、半ば押しつけられて、義理でカネを払ったが、その証券をどこへしまったか、失念したままである。

シロウトの私が、いつも不思議に思うのは、ニューヨークの平均株価が、一万ドルを軸に上下しているのに、東証の平均株価は、わずか一万三千円台であることだ。東証の取引きは千株単位が多いらしいが、これがどういう意味を持つのか、分からないのは私だけなのか。

そんな私が、株式制度をあれこれいうのは、見当違いかも知れない。あっちへいけと、怒鳴られるかも知れない。しかし専門家には、見えなくなった本質や全体像が、部外者なるが故に、見抜けることもある。いわゆる岡目八目というやつだ。ここはまあ、シロウトの意見として、聞いてください。

そもそも株式の発端は、事業に必要な資本を、不特定多数の第三者から、拠出して貰うための手段ではなかったか。資本を提供した株主には、事業の利益が、配当金として分配される。ただし事業が失敗すれば、元も子もなくなるので、株主は損をしないように、しかるべき優良企業を、よく見きわめて投資し、その成長を見守る。不幸にして、思惑がはずれた場合は、株主の読み違えであるから、おのれの責任において、リスクを背負うのである。

ここまでは市場の論理として、健全といえよう。眠っているカネを生かすのだから、株主にとっても、事業者にとっても、また社会全体にとっても、有意義なシステムだ。誰が思いついたか知らないが、たいした発見である。

ところがこの株式が、店頭に公開され、値上がりしたり、値下がりしたりするものだから、利にさとい連中が、目まぐるしく売ったり買ったりして、利鞘《りざや》を稼ぎ始めた。

下がれば買う、上がれば売るで、ほかに定職を持たず、株の売買だけで、巨利を得るビジネスが、罷《まか》り通るようになった。売買の世話や、情報の提供で、手数料を稼ぐ証券会社もどっとふえた。

断っておくが、私は株で食っている人や、証券会社で働く人々を、否定するつもりはない。株式市場というシステムが、社会的に認知されているかぎり、それを運用するビジネスが、大きく発達するのは、自然であり当然のことだ。

ただし、鵜の目鷹の目で、株価の変動を見つめ、電話一本で売買するビジネスが、きわめて非生産的であることは、否定できない。とどのつまりは、他人のふんどしで、相撲を取っているのである。

ひところの夜の銀座は、証券マンであふれ返っていたが、額に汗して生産に従事する人々を尻目に、そうした虚業が、恣《ほしいまま》に巨利を得て、我が世の春を謳歌するのは、おかしいと、誰でもが思ったはずだ。

株の神様といわれる人を、ドラマのために取材し、どうすれば儲かるのかと、愚問を発したことがある。

「あなたは二十億円、持っていますか？　持っているなら、株をやりなさい。二十億円あれば、株は動かせますからね」

要するにシロウトは、株に手を出すなという意味である。あいにく私は、二十億円持っていなかったので、断念することにした。

巨額の資本があれば、株を操作できると、神様は豪語した。たぶん仕手株のことだろう。株を大量に買い占めて、会社を乗っ取ることもできる。何年か前には、特定顧客の損失を、証券会社が裏で補塡《ほてん》していた事実が、明らかになった。一般投資家は、バカを見たのである。

■仕手株
仕手（玄人相場師）や大口の投資家などが投機を目的として、思惑で行う大量売買の対象となる銘柄。一般に、強気・弱気両面の解釈ができるような材料があり、株価の動きが激しく市場性が高い注目株が仕手株になりやすい。

最近はやりの持株会社って、いったい何だろう。大企業同士がお互いの株を持ち合い、その株を管理する会社を作って、系列化を深めることに、どういう意味があるのか。敗戦後まもなく、日本を占領した連合国軍総司令部が、持株会社を禁止したのは、富を独占する財閥を、解体するためであった。

資本主義の根幹が、株式市場に支えられていることは、いうまでもないが、機会均等であるべき競争の原理が、特定の資本家に有利に働くのは、どう見ても不当である。

資本主義は、自由競争という美名の下に、弱肉強食を正当化した。マルクスは「資本論」を書いて、その矛盾を衝《つ》き、世界中のインテリを熱狂させた。〔社会主義国家〕の壮大な実験が、ソビエト連邦で行われ、ひところは世界人口の半分以上が、〔社会主義国家〕に属した。

そして今、ソビエト連邦は脆《もろ》くも崩壊し、社会主義は失速した。もはやイデオロギーの時代ではないと人はいう。果たしてそうだろうか。

私は社会主義が敗北したのではなく、人間が社会主義の理想に、ついていけなかったのだと思う。

独断で申しわけないが、資本主義の競争原理は、人間を動物と見なしている。社会主義の理念は、人間を神と見なしている。社会主義国家が、市場経済を導入しはじめたのは、人間が神ではないと、気づいたことを示す。

だが人間は動物でもない。自由主義諸国が、労働者の権利を認め、弱者のための社会保障に、目を向けるに至ったのは、社会主義の影響を受けたからだろう。修正社会主義と、修正資本主義の間隔は、確実にせばまりつつある。

現代の株式市場は、インターネットを通じて、急速に国際化された。一国の経済破綻が、世界恐慌を起こしかねない時代である。ここで憂慮すべきは、一部の投機グループが、それぞれの内政や外交にお構いなく、ただただ巨利を得るために、途方もない額の資本を投入して、世界市場をかき回していることだ。彼らのすべてが、成功しているわけではないが、いわば株の神様が、世界規模で暗躍しているのである。おかげで世界市場は、巨大なバクチ場と化しつつある。

折しも日本政府は、緊急経済対策の一環として、株式買上機構を、検討中だという。持合い株の解消売りによる、株価の下落を避けるため、という。しかしこれは、新たな公的資金の投入ではないのだろうか。

株式の売買がリスクを伴うのは、当然のことなのに、いくら経済安定のためとはいえ、国民の税金で、民間企業を救済するのは、証券会社の「補塡」と変わらない。

いったい日本国民の何パーセントが、株式を持っているというのだろう。せめて公金を投入するなら、株式売買の課税比率を上げ、それを財源とすべきではないか。さまざまなうさん臭さを孕《はら》んだ現行の株式制度は、よほど抜本的な改革がないかぎり、やがて音を立てて、崩壊するに違いない。私は崩壊しても、いいと思いますけどね。

第4時限目　体育会系活動報告

巌流島の決闘

「生涯を通じて、六十数回の試合をし、一度も負けなかった」

剣豪宮本武蔵は、自伝めいた文章の中で、こう豪語している。十三歳のときに倒した有馬喜兵衛、槍術の宝蔵院流、くさり鎌の宍戸梅軒、吉岡一門との決闘などが、簡潔に綴《つづ》ってあり、これらは客観的資料によっても、事実と分かる。

ところがどういうわけか、もっとも世に名高い佐々木小次郎との決闘には、一切ふれていない。巷間伝えられる〔巌流島の決闘〕は、武蔵の死後、三十年もたってから、弟子筋の誰かが書いたのだ。

武蔵はなぜ〔巌流島の決闘〕を、書かなかったのか。書くに忍びない事情があったのか。あるいは後世の誰かが、削除したのか。

大きな疑問のひとつは、佐々木小次郎の年齢である。村上元三の小説「佐々木小次郎」以来、映画や芝居に登場する小次郎は、前髪立ちの凛々しい美青年だが、私がこどものころに読んだ講談本では、ザンバラ髪の憎々しい中年男であった。

佐々木小次郎と名乗る剣豪が、北陸地方に実在したことは、確からしい。だが資料を突き合わせると、巌流島での武蔵は二十九歳、小次郎はかなりの高齢に達していた。

武蔵にとって〔巌流島の決闘〕は最後の試合である。それ以後は引退して、一度

■巌流島
豊前小倉藩（細川藩）領であった舟島（関門海峡に浮かぶ島、現在は山口県下関市）で、宮本武蔵が岩流なる兵法者と戦ったことに由来する。ちなみに、現在も4月13日が決闘の日とされている。

も闘っていない。現代のスポーツマンでも、三十歳を過ぎれば、気力も体力も衰える。ましてや命をやりとりする剣豪なら、ピークを過ぎてまで、闘うことは避けるだろう。高齢の小次郎が、決闘に応じたとは考えにくい。

すると武蔵と闘ったのは、別人の佐々木小次郎だったのか。あるいは〈巌流島の決闘〉は、後の世の誰かが、面白おかしくでっちあげた架空の物語なのか。

いや、決闘はなかったでは、ミもフタもないから、ここではやはり、あったことにしよう。

どうも話が出来過ぎていると、私が感じるのは、武蔵が小次郎をじらせるために、わざと遅参したというくだりである。細川藩が通告した時刻は、辰(午前七時～九時)の上刻だから、かなりアバウトである。江戸時代の初期に、あの小さな島に、果たして時計が、あっただろうか。武蔵が遅れたのではなく、小次郎が早過ぎたのかも知れない。

「小次郎敗れたり！」

刀を抜いた小次郎が、鞘《さや》を棄てたのを見て、武蔵は叫んだ。しかし斬り合いの場合は、鞘を腰にぶらさげておいても、重いだけで役に立たない。しかも小次郎は、よほど腕力があったらしく〈物干し竿《ものほしざお》〉の異名をとる長剣の使い手だったから、鞘も長かったはずだ。

むしろ無礼なのは、武蔵のほうだろう。ひとかどの剣豪が、晴れの試合の場に、櫂《かい》を持って現れるのは、どう考えても異様ではないか。

では武蔵は、なぜ櫂を武器にしたのだろうか。待ってました。よい質問です。ここですかさず、私の推論を、展開させてください。

実は剣士としての腕前は、佐々木小次郎のほうが、一枚も二枚も上手であった。まともに立ち合えば、到底かなわないことを、武蔵はよく知っていた。

格上の武芸者を倒すには、それなりの工夫を凝らす必要がある。武蔵は最初の一撃に、すべてを賭けた。二の太刀、三の太刀と、試合が長引けば、小次郎の術中にはまると、読んだのである。ちなみに武蔵は「五輪書」の中で、最初の一撃の重要性を、熱心に説いている。

小次郎の長剣に、一撃で対抗するには、それ以上に長い刀を、用意しなければならない。しかし〔物干し竿〕より長い刀はないし、あったとしても重くて、振り回せない。

そこで武蔵は考えた。櫂ならば長さに不足はない。難をいえば重さだが、木材だから適当に削ればよい。さあ、思い出してください。下関から巌流島に向かう舟の

■櫂

日本での櫂（漕ぎ手が後ろ向きで漕ぐオール）の使用のもっとも早い痕跡は、5 世紀ごろの宮崎県西都原古墳出土の船形埴輪だとされている。

中で、武蔵はしきりに、櫂を削っていたではありませんか。

では武蔵は、どんなふうに櫂を削ったのか。私の想像では、ヘラのように、平たく削ったに違いない。武蔵は長い櫂を、重そうにひきずって、小次郎に近づいた。櫂の薄さを悟られないように、幅の部分を見せながらである。小次郎はこれに騙《だま》された。武蔵はすばやく櫂を水平にして、最初の一撃を食らわせた。そのスピードは、小次郎の予想を、はるかに超えていた。脳天を打たれた小次郎は、砂の上に昏倒した。頭脳的といえば頭脳的、邪道といえば邪道、実戦に強い武蔵は、最強の剣士を、櫂で倒したのだ。

武蔵が〔巌流島の決闘〕を、自伝からはずしたのは、自分の戦法を、必ずしも潔しとしなかったからではないか。

武蔵ファンは、怒るかも知れないが、十数年前には〔巌流島の決闘〕に関する小倉藩の古文書が、新たに発見され、新聞に掲載された。

驚くべきことに、武蔵が小次郎を一撃して倒すや、岩陰から飛び出した武蔵の門人たちが、まだ息のある小次郎を、寄ってたかって、叩き殺したというのだ。これが事実なら、武蔵がひとりで、巌流島に渡ったというのは、嘘になる。

古文書によれば、小倉藩には、武蔵を糾弾し、処罰を求める連中が殺到した。武蔵を保護し、ひそかに逃れさすのは、ひと苦労であったと記してある。

晩年のエピソードだが、細川藩のある武士が、武蔵の頭部に傷跡があることを知り、誰かに打たれたのではないかと揶揄《やゆ》した。すると武蔵は憤然色をなして、燭台の灯を頭に近づけ、よく見よ、これはこどものころのおできの跡だと抗議した。

ひょっとすると、武蔵が仕官を望まず、浪人で過ごしたのは、おできの跡を苦にして、月代《つきしろ》を剃りたくなかったからかも知れない。

こうしてみると、武蔵は決してスーパーマンではない。むしろ人間臭い、常人だったようだ。

かつて私は松竹映画「宮本武蔵」（加藤泰監督）の脚本を書いたが、吉川英治の原作では、浪人者の武蔵が、どうやって生計を立てたのか、どうしても分からなかった。

晩年の武蔵は、絵を描いたり、仏像を彫ったりしたが、若くて無名のころに、果たしてそれが、メシのタネになっただろうか。ひょっとしてこっそりと、傘張りや

■武蔵小金井
東京都小金井市にあるＪＲ東日本中央線の駅名。大正 13 年４月、小金井公園での観桜のための仮乗降場として開業した。


楊枝削《ようじけず》りをしていたのか。

町道場に試合を申し込み、恐れをなした相手から、裏金をせしめる手は、あったと思うが、それはヤクザと同じで、剣聖らしくない。

よけいなことだが、武蔵の恋人お通は、吉川英治の創作だ。武蔵と情を通じていたのは、吉原遊廓の雲井という遊女である。また武蔵の養子伊織は、男色の対象だったというから、何とそっちのほうでも、二刀流だったことになる。

ここでクイズです。宮本武蔵には実の子がいたでしょうか。正解はＮＯです。なんたって東京都下に、武蔵小金井（子がねえ）って、駅名があるくらいですから。失礼。

コラムでランチ

タダ飯

昔は、一宿一飯の恩義という言葉があったように、飯をごちそうになることには重大な意味があった。今は気楽に「飯でも食おうか」と誘ったりするけど、家族や親しい友人ならともかく、よく知らない人と食事をするのはやはり気が重い。タダ飯というのは、必ずといっていいほど、取引き、頼みごと、相談ごと、くどき、お礼など別の目的が隠されているからうっかりできない。

では現代社会に、知らない場所で何の気がねもなく、お返しの心配も全くせずに、平気でタダ飯を食うケースは、まったくあり得ないのだろうか。

たとえばデパートなどの試食は、単なるつまみ食いに過ぎないし、レストランでの無銭飲食はよほど逃げ足が早くないと失敗する。冗談はさておき、私が監督をした映画〔善人の条件〕の取材中に発見したことだが、唯一タダで安心して飲み食いできる場所は、選挙事務所である。

国政選挙でも地方選挙でも、およそ選挙事務所と名のつくところならば、誰でも大いばりで訪れることができ、下へもおかないもてなしを受けること請合《うけあ》いである。食事どきをねらっていけば、炊《た》き出しのおばさんたちがにこにこ待っていて、悪くても握り飯ぐらいにはありつける。うまくいけば酒も飲ませてくれるし、小遣いまで握らせて貰える。

図々しい有権者の中には、こどもたちまで連れて、毎日タダ飯を食いに行く者もいる。今日はAの事務所、明日はBの事務所と、渡り歩く剛の者もいるそうだ。関係者は蔭で顔をしかめながらも、表向きは票を逃がしたくないからいそいそと世話を焼く。誰でも知っていることだが、選挙といえばタダ酒タダ飯にありつけると思っている連中が、国民の中にどれだけいることか。悲しいかな、これが日本の選挙事務所の実情である。

もちろん公職選挙法によって、有権者への酒食のもてなしは禁じられている。実は運動員の弁当の数まで規定されているのだ。細かくいえばお茶とミカンまではいいが、ビールやケーキは違反である。しかし現実には酒の出ない選挙事務所なんて、数えるほどしかあるまい。警察が本気で酒屋を調べれば、どこの事務所にどのくらいの酒が配達されたかすぐ分かるはずである。

私の映画に出てくる選挙参謀は「公職選挙法に触れないように選挙違反をやるのが必勝法だ」とうそぶいているが、これがほんとうなら、民主主義の根幹である選挙は何の意味もないではないか。

政治家を利用するために献金する企業も悪いし、企業にカネをたかる政治家も悪い。これを取り締まらない警察も生ぬるい。しかしいちばん悪いのは、政治家にカネを使わせる国民である。選挙事務所でタダ酒を飲みタダ飯を食う有権者である。

カネをばらまいて当選した今の政治家に、政治改革なんてできるわけがない。真の政治改革は、選挙権を持ったひとりひとりの国民の、意識改革から始めなければならない。

第5時限目　健康診断

前立腺肥大

たとえば野糞をする恰好で、パンツを膝まで下ろし、どっこいしょとしゃがんだ姿を、想像して欲しい。そして額のまんなかを、正面からヒョイと突かれたとする。そのまんまのスタイルで、後ろへドタリと倒れますわな。パンツのからまる両膝を、蛙みたいに広げて、その膝の裏を、両手で支えていますわな。ケツの穴が丸見えですわな。

そうです。世にもぶざまなそのポーズこそが、前立腺の触診を受けるときの基本形です。

何年か前、人間ドックの検査で、羽根木のK医院に一泊した私は、翌朝、診察室のベッドの上で、そのポーズを要求された。

「力を抜いて——」

白い大きなマスクをつけた初老のK先生が、私の初々しい肛門に指をあて、ズブリと突っ込んだ。人差し指か中指か、神ならぬ身の知る由《よし》もないが、五センチぐらいは入ったのではないか。

肛門に他人の指を、突っ込まれるのは、生まれて初めてなので、ウヒャーと身が縮む。そのまんまタカイタカイされたら、どうしようかと思ったが、それは杞憂であった。

■前立腺
男性にのみ存在する生殖器で、女性の子宮の退化したものとも言われている。精液の約15～30%は前立腺の分泌液が占め、精子の運動は、この分泌物により活発になるといわれる。50歳以上になると前立腺肥大がおこるが、これは、男性ホルモンの減少などによって、結合組織の増生がおこり、肥大をきたすものである。前立腺肥大になると、膀胱頸や尿道の圧迫により排尿障害が生じる。


「直腸癌なし、前立腺異常なし」

先生はグリグリと、指で腸内を探り、スポッと引き抜いた。そして入念に手を洗ってから、カルテを記入した。(当たり前だわな)

次の年も、その次の年も、K先生の触診を受けたが、やはり異常はなかった。指を突っ込まれても、痛みは感じないが、だからといって、やみつきになるほど、気持ちのよいものでもないわな。

そして一昨年――。

「前立腺肥大――」

K先土はおもむろに宣告した。とうとうきたかと、嘆息しながらパンツをはいたが、さほどのショックはない。還暦を過ぎれば、男性の大半がたどる道である。

「治す薬はありますか」

「ないことはありませんが、女性ホルモンが入ってますからね。こっちのほうがだめになりますよ」

K先生は握りこぶしを、軽く上下に振った。前立腺肥大の治癒をとるか、性的能力の維持をとるか、二者択一の正念場である。私は小考して薬を飲まないことにした。小便が出にくいわけではないし、日常生活に何の支障もないからだ。

そして昨年の春——。

「前立腺肥大——」

Ｋ先生の診断は同じだったが、一週間後に郵送された検査結果表に、次の文字があった。

〔××数値４・５再検査を要す〕

××は忘れたが、ローマ字の記号である。いわゆる癌マーカーで、前立腺の場合４・０以上は、要注意ということだが、数値が高いから癌というものでもない。

再検査といっても、Ｋ医院は産婦人科なので、私は前立腺の専門医を探すことにした。病院選びの本や、前立腺の参考書を、何冊も買ってきたのは、ツナちゃんである。

「妙齢の女性が、前立腺の本を買うのは、勇気が要るのよ」

ツナちゃんは、恩着せがましくいうが、三八歳が妙齢かどうかは別として、まさか電車の中で、広げて見るわけでもないだろうに。

丹念に参考書を読むと、前立腺肥大の治療法は、病院によってさまざまであり、投薬療法、放射線療法、切除手術のほかに、直腸に機械を入れての熱線投射や、冷却刺激によって、肥大部分を縮小させる方法も、最近は盛んなようだ。

栗のような形をした前立腺は、膀胱の下の尿道を、囲むようについていて、精巣から出た濃厚な精液を、アメリカンに薄める装置である。前立腺が肥大すれば、真ん中を通過する尿道が、物理的に圧迫されて、小便の出が悪くなるのだ。

そういえば私も、就寝後に一回は小用に起きるし、割り箸一本が標準とされる小便の太さが、気のせいか細まりつつあった。

でも切除手術だけは、絶対に避けたいと、初めは思った。なにしろ尿道口から、カテーテルを差し込み、その先端についた電気カンナで、肥大部分を削り取るのだから、考えただけでも痛そうだわな。

しかしながら、流行の加熱法や冷却法は、初期の患者向きであり、一年か二年たつと、また肥大して、治療を繰り返すことになりそうだ。完治を望むなら、肥大部分を切除するのが、もっとも有効らしい。

私は毅然として、慶応病院の泌尿器科へ行くことにした。ここの切除手術には、定評と実績がある。

担当のM教授は、問診と超音波検査の後、巨大なジョウゴに小便をさせて見て、私の前立腺肥大を、中程度と診断した。

「特に困難がなく、残尿感もないなら、半年ほど様子を見ましょう」

「あのー」

「は？」

「電気カンナは痛いでしょうね」

「痛くありませんよ。麻酔をかけるんですから――」

M教授は優しく笑った。癌マーカーは、4・2に下がっていた。

けなげなツナちゃんは、早速アマチャヅル茶を買ってきて、私に飲ませている。前立腺に効くと、何かの本に書いてあったのだ。手に入れるのが難しいというから、さぞ高価なお茶かと思ったら、アマチャヅル茶は、簡単に繁殖する雑草みたいなもので、商売にならないため、店頭から姿を消したらしい。

友人からはカボチャがいいとか、枇杷《びわ》の実を粉末にして飲めとか、さまざまな情報が寄せられた。千葉県のどこかには、生きた蜜蜂の針をもぎとり、会陰部に突き刺す治療師がいて、これは一発で効くのだそうだが、ギャーッと叫ぶほど痛いと聞いて、丁重にお断りした。

そして昨年の秋――。

私は再び慶応病院を訪れた。正直いって、泌尿器科の待合室に、ポツンと坐っているのは、気が引けますわな。誰にも見られたくないので、そわそわしますわな。

■アマチャヅル（甘茶蔓）
ウリ科の多年草蔓草で、日本のどこにでも生えている。薬用人参と同じ構造をもつジンセノサイドが、中枢神経に対して鎮静作用と興奮作用の双方に作用する効果を持っており、ストレスによって惹き起こされる全ての症状に対して、プラスに働く可能性が高い。

ついでにいえば、どこの大病院でも、待合室の長椅子を、向かい合わせに置くのは、気がきかないわな。患者同士はなるべく、目を合わせたくないに、決まっておるわな。いっそツナちゃんを同行して「大丈夫かい？」とかいいながら、付添い人のふりをしようと、姑息《こそく》なことも考えたが、それは言下に固辞されたわな。

「別に変わりはなく、困ることもありません」

「それではもう半年、様子を見ましょうか」

M教授はあっさりそういった。私の前立腺は、持ち主の人柄に似たのか、尿道を圧迫するほど硬くはないらしい。癌マーカーは3・8に下がっていた。

というわけで、今のところ私は、薬も飲んでいないし、何の治療も受けていない。呑気《のんき》にアマチャヅル茶を、たしなむだけである。

しかし私は、そう遠くない将来、電気カンナのお世話になる日が、くると睨《にら》んでいる。

（追記　二〇〇六年の暮れ、私は手術を受けて快癒し、今は威風堂々の小便を放出している）

第6時限目　課外指導

クドキ学［実践編］

恥を忍んで告白すれば、私は同じ女性を、間違って二度くどいた経験がある。つまり一度くどいて、肌を合わせた女性と、数年後にまた会ったのだが、同じ女性とは気づかず、もういちど一回表から、くどき直してしまったのだ。

とうとう三木もボケたかと、早合点してはいけない。花の独身だった二〇代の話である。新人歌手の私は、和歌山市民会館の歌謡ショーに出演した後、歓楽街のバーで飲んでいた。そのカウンターで隣り合わせたのが、すらりとした細身の美女で、物静かな態度が、何とも好ましかった。

連れがいたのかどうか、どんな会話をしたのか、細かいことは何も覚えていない。名前も忘れたので、A子さんとしておくが、その夜、A子さんと私が、しかるべきホテルで、楽しい夜を過ごしたことは、隠れもない事実である。

そしてたぶん二年後、和歌山のナイトクラブ〈青い鳥〉に出演した私は、あるバーで飲んでいた。カウンターの中に、楚々《そそ》とした和服の美女がいて、水割りをつくりながら、伏し目がちな微笑を、ちらちらと私に投げかけた。これは脈がある。

閉店後、私は彼女を食事に誘い出した。うかつにも、彼女がA子さんであることに、まったく気づいていない。とにかくA子さんは、口数が少ないのである。まぬけな私の熱心なくどきを、にこやかに聞いていたような気がする。

「お逢いするのは二度目ですよ」

A子さんがつつましく打ち明けたのは、ホテルでコトがすんだ後であった。私はキョトンとした。

「前と同じ文句でくどきましたね」

A子さんは笑いながら、前回の経緯を、細かく解説してくれた。

「えッ、あれは君だったの？」

といったかどうか、しかとは覚えていないが、恐らく私は、言葉を失ったのではないか。きまりが悪いというか、穴があったら入りたいというか、じわじわと恥ずかしさがこみ上げ、顔から火が出て、いたたまれなくなったのではないか。

A子さんと分かっていれば、コトはすんなり運んだだろうに、ムダな時間と労力を費やしたことへの腹立たしさも、ちょっぴり混じっていたかも知れない。

念のために書いておくが、私はそれほど鈍感な人間ではない。A子さんが洋服から着物に変わっていなければ、こういう間違いは、起きなかったはずだ。また女性は、たった二年でも、見かけがガラリと変わることがよくある。

まったく別の話になるが、ある地方で知り合い、ベッドを共にした女性から、久しぶりに逢いたいと、急に電話があった。少し太ったんだけど、という言葉が、若

干気にはなったが、約束の喫茶店に行くと、厚化粧の貴闘力みたいな女性が、デンと坐っているではないか。申しわけないけど、私はそのまま回れ右して、店を出てしまった。

「いくら何でも、寝てみれば分かるだろうに。肌を合わせれば、思い出すだろうに」

読者の中には、そういう意見があるかも知れない。しかし、ここだけの話だが、女体というものは、いくつかのパターンがあるだけで、それほどの大差はない。暗いところで、冷静さを失っているのだから、ワレメが横にでもついていないかぎり、瞬時には判別しかねるのだ。

とはいうものの、同一女性二度くどきの失態は、あまり自慢にならないので、今まで誰にもいわなかったのだが、その後に読んだシドニー・シェルダンの小説に、同じようなシチュエーションが出てきたので、おやおやと嬉しくなった。二度くどきは私が思うほど、珍しいケースではないのかも知れない。ひょっとすると、シドニー・シェルダンにも、同じような経験があったのか。

私はその小説『真夜中は別の顔』をドラマ化し、NHKで放送したのだが、原作のストーリーは恐ろしく派手だ。マリリン・モンローみたいな大女優が、オナシスみたいな大富豪の愛人になり、その権力とカネを利用して、かつて恋人であったア

■シドニー・シェルダン

アメリカの脚本家、小説家。代表作は『ゲームの達人』『真夜中は別の顔』『かわいい魔女ジニー』など。『真夜中は別の顔』はベストセラーになった。

■オナシス

ギリシャの実業家、海運王。オペラ歌手マリア・カラスと知り合い、最初の妻と離婚。その後、アメリカ大統領ケネディの未亡人ジャクリーン・ケネディと結婚。

ル・パチーノみたいなパイロットに、復讐するのである。

なぜ復讐するかというと、貧乏な田舎娘であったマリリンが、婚約までしたアル・パチーノに棄てられ、妊娠中絶に失敗して、死にそうな目に遭ったからである。

しかも大女優になって再会したとき、アル・パチーノは、マリリンを覚えていなかった。初対面と思い込んで、再び恋に陥《お》ちるのだが、これが女のプライドを、ぐしゃぐしゃに傷つけたわけである。

復讐の念に燃えて、殺意を抱くマリリンだが、かつて愛した初恋の男でもあるアル・パチーノに、女ごころをゆさぶられ、憎悪と愛情のはざまで、悶《もだ》え苦しむのである。大女優は瀬戸朝香、パイロットは吉川晃司、大富豪は細川俊之が演じた。

「愛を交わした女と、何年かたって再会したとき、すっかり前のことを忘れてるなんて、そんな荒唐無稽な話があるものか」

出演者も視聴者も、そう思ったかも知れないが、人生を甘く見てはいけない。想像もつかないことがいくらでも起きるのだ。それにしても私の場合、A子さんがプライドの高い女性でなくてよかった。復讐されなくてよかった。

私の脚本には、大女優とパイロットの密会現場に、大富豪が乗り込んでくる場面がある。パイロットは慌《あわ》てて、クローゼットに隠れる。

「ぼくはベランダの窓から、電柱をつたって、逃げた経験があります」

台本を読んだ吉川君は、プロデューサーに、そういったそうだ。何と頼もしい俳優ではないか。

「ジェームス三木さんも、こういう経験があるんじゃないですか？　経験がなければ、書けないと思いますけどね」

あるある。吉川君、よくぞいってくれた。これも歌手時代の話だが、ホステスのアパートに泊めて貰った夜、突然、彼女のタニマチ旦那が、ドンドンとドアを叩いた。泡食った私は、とっさに靴と服を抱えて、押入れに隠れたのである。食べかけのトウモロコシを一本、握りしめていたことが、なぜか忘れられない。たぶん証拠隠滅のためだろう。後学のために書いておくが、こういう場合は、ともかく靴を隠すことが、重要なポイントである。

いやはや、それにしても、男という生き物は、みんな同じようなバカをやってるんだなあ。嬉しいなあ、悲しいなあ、情けないなあ。

第五日目　木曜日〔平常授業〕

第1時限目	出欠状況の確認〔秀忠の遅参〕
第2時限目	初級ドイツ語〔ヘーデルワイフ〕
第3時限目	日本史〔文を以て武に報いる〕
第4時限目	防災訓練〔真夏の夜の災難〕
昼　食	〔フグ肝〕
第5時限目	技術家庭〔ドリル式〕
第6時限目	臨時職員会議〔歴史教科書検定〕

第1時限目　出欠状況の確認

秀忠の遅参

考古学者のF氏が、宮城県の遺跡で、新たな石器を発掘し、古代史に大きな波紋を投げかけた。ところがそれはインチキで、自分で埋めた石器であることが発覚し、非難の大合唱を浴びたことがある。

発掘に関しては、とびきりのエリートであったF氏は、学界やジャーナリズムの期待が、強いプレッシャーになったと告白した。人間的な功名心が、学者の良心を、上回ったのである。動機はほんの出来ごころかも知れないが、学者全体の信用を失墜させた罪は重い。

いつだったか、テレビ局のスタッフが、沈没船の宝物を、センセーショナルに引き揚げて見せ、それがヤラセであることが、発覚した例もあった。ドキュメンタリーと称するかぎり、こういう嘘は許されない。視聴率稼ぎのために、事実をねじ曲げるのは、けしからんことだ。

しかしいつの時代でも、人間に功名心があるかぎり、こうしたでっちあげは、繰り返されるだろうし、発覚しないケースも、たくさんあるに違いない。むろん歴史も、例外ではないと、私は確信する。

そうしてみると、小説家や脚本家は、学者と違って気が楽だ。読者や視聴者に対して、作品の内容が、自由な想像の産物であり、作り物であることの了解を、あら

■天海

安土桃山〜江戸初期の天台宗の僧。徳川三代の政治顧問。

■そば

日本ではすでに奈良時代、非常の作物として、そばを植えるようにとの命が出されていた。蕎麦粉を麺の形態に加工する調理法は蕎麦切りと呼ばれ、木曽路を経て江戸に入った。17 世紀中期以降、江戸を中心に急速に普及し、日常的な食物となった。

かじめ取りつけているのだから、勝手に仮説を立てられるし、事実を証明する義務も負わない。むしろ、いかに上手に嘘をつけるかが、勝負なのである。

かつては源義経が大陸に渡り、ジンギスカンになったのだとする伝奇小説が、大評判になった。天海大僧正の前身は、明智光秀であると書いた小説もあった。

「福井では、いつからそばを食べるようになったのですか？」

福井市の有名なそば屋の主人に、質問したことがある。主人は何のためらいもなく、即座に答えた。

「一六〇一年からです」

「へえ、どうしてそれが分かったのですか？」

「私が決めたのです」

「……？」

「観光客が次々に同じ質問をするので、面倒臭いから私が決めました」

主人はケロリとそういった。ははア、歴史はこうやって作られるのかと、私は思わず笑ってしまった。主人の説は、サービスであり、御愛嬌であって、変に目くじらを立てるのは見当違いである。

本能寺の変で、信長を謀殺した主犯は、豊臣秀吉であるとする説も、巷間に根強い。〔葵・徳川三代〕の音楽を担当した岩代太郎の父君は、作曲家であり、在野の歴史研究家であり、私の飲み友達だが、彼によれば、備中高松にいた秀吉軍が、四日や五日で、山城国山崎に引返すことは、不可能だそうだ。つまり秀吉は本能寺の変を、事前に知っていたというのである。

確かに彼のいう通り、百や二百の人馬ならいざ知らず、軍装備した三万の大軍が、武器爆薬や食料を抱えて、山崎まで大移動するのは、奇跡に近いと思える。

しかも本能寺は、焼き討ちというより、三千度以上の火力で、一気に爆発させたことが、最近の研究で明らかになったそうだ。そういう爆発物を、本能寺に仕込んだのは、果たして誰なのか。

その後の歴史は、秀吉中心に動いているから、情報を操作して真実を隠蔽し、明智光秀に罪を着せることも、不可能ではなかったかも知れない。歴史は謎の集積である。

それなら私も、関ヶ原の合戦について、いいたいことがある。

二百六十五年に及ぶ徳川政権下で書かれた歴史の書は、東軍の総大将である徳川家康が、謀略を以《もっ》て、西軍を関ヶ原におびき出し、得意の野戦に持ち込んだとしているが、これは明らかに嘘である。

■鶴翼の陣
両翼を張り出しＶ字の形を取る陣形。中心に大将を配置し、両翼の間に敵が入ってくると同時に両翼を閉じて包囲する。
■メッケル
1885年、日本陸軍の軍制改革の指導のために招かれ、近代的な軍備の確立のための改革に顧問として大きな役割を果たした。


なぜなら西軍の主力は、関ヶ原周辺の山に、早くから陣地を構築し、野営して待っていたのだ。おびき出されたのは、むしろ東軍である。

九月十五日未明、濃霧の関ヶ原に到着した東軍は、鶴翼《かくよく》の陣を敷いた西軍に、四方から見下ろされる形になっていた。高名な戦術家のメッケルは、後に両軍の布陣図を見て、何度戦っても西軍の勝ちと、断言したほどだ。

結果として東軍が圧勝したのは、小早川秀秋勢一万五千の寝返りと、日和見《ひよりみ》の毛利勢が、山を下りなかったためである。しかし疑い深い家康が、そこまで見通して、勝利を確信していたとは思えない。

ではなぜ東軍は、明らかに不利な陣構えの関ヶ原に、のこのこと入って行ったのだろうか。

実は家康は、関ヶ原の合戦に、徳川軍の主力を、投入していない。西軍と激戦を演じたのは、福島正則、藤堂高虎、黒田長政といった、豊臣家恩顧の大名たちである。妻子を人質として大坂城に取られた彼らは、三成《みつなり》憎しの一念で、獅子奮迅の働きをした。

このとき、秀忠の率いる三万八千の徳川本隊は、宇都宮から中山道を西上する途中、上田城の真田攻めに手間取り、木曽路の難所では大雨に遭遇して、とうとう関ヶ原の合戦には、間に合わなかった。

大胆な推論だが、私は秀忠の遅参が、家康の巧妙な策略によるものと睨《にら》んでいる。家康にしてみれば、関ヶ原の合戦に、確たる勝算はなかった。いちばん恐ろしいのは、豊臣家恩顧の大名たちの裏切りである。もしも徳川本隊を投入して、大敗北を喫すれば、一巻の終わりとなる。

老獪《ろうかい》な家康は、陣形の不利を承知の上で、まず徳川家恩顧の大名を、関ヶ原に送り込み、高見の見物を決め込んだ。つまり徳川本隊を、わざと遅らせて温存し、他人のふんどしで相撲を取ったのである。

家康のもくろみはこうだ。両軍が激突して、へとへとになったところへ、遅れて到着した本隊を、どっと投入すれば、多少負けていても、戦況を盛り返すことができる。もしも大敗していれば、本隊の投入を見合せ、無傷のまま江戸へ引返して、他日のリベンジに備える。

ここまで考えて、私は家康の凄《すご》さに慄然とした。幼いころに生母と引き離され、家臣の裏切りで父を殺され、今川義元の人質として少年時代を過ごし、織田信長に妻を殺された上、長男を自害させ、数々の合戦で死地を脱出し、果ては秀吉に頭を押さえつけられたまま、悶々と積み重ねたマグマが、五十九歳の家康の中で、どす

■徳川秀忠
江戸幕府第２代将軍。家康の第三子。幼名長松、竹千代。豊臣秀吉に謁し、秀吉の一字を与えられて秀忠と名のる。関ヶ原の戦いは秀忠の初陣であったという。その後、将軍となり、公家諸法度、武家諸法度などの法を整備、定着させ、徳川幕府の基礎を固めた。

黒くうねっていたのだ。

秀忠の率いる徳川本隊が、関ヶ原に到着したのは、合戦の三日後である。結局、間に合わなかったじゃないかと、口をとがらす読者がいるかも知れないが、それは結果論に過ぎない。

天下分け目の大合戦が、たった一日で終わるとは、恐らく誰も考えていなかったはずだ。徳川本隊の到着は、開戦三日後ぐらいが、ちょうどよいと、家康は計算していたのではないか。

遅参の秀忠は、家康の大目玉を食ったと伝えられるが、そんなものは茶番に決まっている。

第2時限目　初級ドイツ語

ヘーデルワイフ

私の事務所では、トイレをノックする代わりに「山」といい、中にいる者は「川」と答える。いわゆる合言葉である。

合言葉は、敵味方が入り乱れる白兵戦で、同士討ちを避けるために、敵を識別する方法として、盛んに使われた。

関ヶ原の合戦で、東軍が用いた合言葉は「山」に「山」、「麾」に「麾」である。私には麾下《きか》のキとしか読めないが、考証の先生によると、麾はサイらしい。

忠臣蔵の討ち入り場面で、赤穂浪士が「山」「川」というが、あれはどう考えても、マユツバものである。相手が「山」といえば、誰でも「川」と答えるに決まっているではないか。

巡航ミサイルを、撃ち込むような戦争では、合言葉は使われないだろう。今は複雑な暗号が、飛び交っている。

合言葉や暗号は、危険回避を目的とするが、巷《ちまた》ではほかにもさまざまな理由で、符牒《ふちょう》とか隠語とか、仲間うちでしか通用しない言葉が、使われている。

符牒の語源は、商品の値段や等級を示す記号である。部外者やシロウトに、悟られないように、商人たちが、こっそりマークをつけたのが始まりだ。

符牒や隠語が発生したのは、秘密保持のためと思われるが、仲間意識を深めるた

■ロッキード事件
事件の発覚は、1976年アメリカ上院議院多国籍企業小委員会の「ピーナッツ100個（暗号領収書、ピーナッツ1個は100万円）」などロッキード社不法献金の証拠資料公表にはじまる。ロッキード社航空機の日本への売り込みに多額の賄賂が流れ、その一部が前総理の田中角栄に流れていることが判明。


めとか、部外者を排除するためとか、効能はいろいろあるようだ。語呂合わせやシャレを、面白がって使う場合もあり、それが流行語になったりもする。

「エンポウ（遠方）へ参ります」

これはデパートの隠語で、トイレへ行くという意味だ。

「ピーナッツを百個渡した」

ロッキード事件で有名になった暗号だ。前の首相が、外為法違反で逮捕されたのだが、ピーナッツ百個は、一億円を意味した。

「スケはヤバイからトンズラさせて、デカに何かスワませろ」

いわずと知れたヤクザの隠語である。スワむは、飲むという動詞で、英語のスワローからきている。

「巡業中にキンボシを探すぞ」

相撲界では、美人をキンボシというそうだ。

「フンドシかけても駄目か。とうとう穴熊の姿焼きか」

桂馬の両取りを、将棋界ではフンドシをかけるという。専守防衛の穴熊戦法は、身動きがとれなくなって、投了することがある。

野球界では、監督やコーチが、盗塁やラン・エンド・ヒットのブロックサインを出す。ラグビーやアメフトでも、打ち合わせた数字などで、戦法を伝達する。

理髪店も、鮨屋も、大工も、八百屋も、そば屋も、魚屋も、役人も、サラリーマンも、それぞれの職場に、それぞれの隠語がある。

芸能界の隠語は、広くテレビを通じて、知られるようになった。たとえば〔目線〕は、カメラに対する役者の視線をいうのだが、今では国会でも、堂々と使われる。

〔カラオケ〕は、レコード界の隠語で、もとはカラのオーケストラの略称である。歌手が歌を吹き込む前に、演奏だけ録音してあるテープをいった。

〔劇伴〕は文字通り、ドラマを盛り上げる伴奏音楽である。〔ドタキャン〕は、土壇場で仕事をキャンセルすることだ。〔ケツカッチン〕は、かけ持ちの役者を、急いで次の仕事場へ送り出すときなど、時間の切迫したケースをいう。

仕事別でいえば、コンサートマスターは〔コンマス〕、劇場の舞台監督は〔ブタカン〕、カメラマンは〔イチカメ〕〔ニカメ〕〔サンカメ〕となる。

俳優なら〔バンツマ〕〔エノケン〕〔シミキン〕〔キムタク〕だが、これは隠語というより、愛称というべきか。〔連ドラ〕〔朝ドラ〕〔昼メロ〕〔生コマ〕は、説明するまでもない。

芸能界にかぎらず、日本人は言葉を縮めるのが好きだ。〔ラジカセ〕〔万博〕〔原水禁〕

■バンツマ、エノケン、シミキン
それぞれ阪東妻三郎（時代劇スター）、榎本健一（喜劇俳優）、清水金一（浅草の軽演劇、およびトーキー初期の喜劇スター）。

〔選対〕〔チョベリバ〕〔援交〕〔マジギレ〕といった具合に。

　よけいなことだが、日舞と洋舞は縮めてもよいが、インド舞踊は縮められない。朝日マラソンも縮められない。さあ、なぜでしょう。

「ゆうベタレをカキました」

　これは古い芸人の隠語で、タレは女性、カクは肉体関係を意味する。ついでながら男性のイチモツを〔ロセン〕という。語源は櫂《かい》を止めておく舟べりの突起らしいが、詳しいことは誰かに訊いてください。

「キンちゃん甘いな」

　これは客席の反応がよいという意味だが、転じてミーハーだという皮肉にもなる。私は歌手だったので、バンド言葉には精通している。金額を表すツェーマン（一万円）、デーマン（二万円）は、音階のツェー、デー、エー、エフ、ゲー、アー、ハー（CDEFGAH）からきている。

　バンドマンは、とにかく単語をひっくり返す。ただし〔チャンカー〕とか〔ネーカー〕とか〔テルホー〕とか、アフタービートに、シンコペーションさせる。

　彼女は〔ジョノカ〕、調子のいいやつは〔シーチョウ〕、歌手は〔ターウー〕、ピアノは〔ヤノピー〕、マネージャーは〔ジャーマネー〕、フィリピンは〔ピリヒン〕、おっぱいは〔パイオツ〕、そっくりは〔クリソツ〕、酒は〔ケーサー〕、大便は〔ソークー〕、スープは〔プースー〕、ポタージュスープは〔タポンジュプースー〕。

ヨコハマのバンマスは、〔スターダスト〕を演奏するとき、ペロリと舌を出した。シターダシタのシャレのつもりだ。

隠語は家庭にもある。

「ミサイルは台所のパタンパタンの三番目——」

「ジャケットは地雷ボックスに吊るしてある」

「カモノハシは、段々畑で眠ってるはずよ」

何だか分からないが、家族にだけは通じるのだ。

ドイツ旅行では、ツナちゃんも私も、よくある話だが、便秘がちであった。その情報を交換するのに、私たちは申しわけないが、ドイツの都市名を、暗号に使った。

フランクフルト（絶好調）

ボン（大量）

ポツダム（ちょっぴり）

フリードリッヒ（下痢気味）

ライプチヒ（渋り気味）

コブレンツ（硬くて痛い）

トイレにしゃがんで、定冠詞の格活用を、学んだこともある。

「デル、デス、デム、デン、ダス、デソ、デター」

ここだけの話であるが、私はドイツで、ツナちゃんのオナラを、初めて聞いた。

「御静聴有難うございます」

ツナちゃんは、神妙に頭を下げると、さわやかに「エーデルワイス」の一節を口ずさんだ。

♪ヘーデルワイフ、ヘーデルワイフー

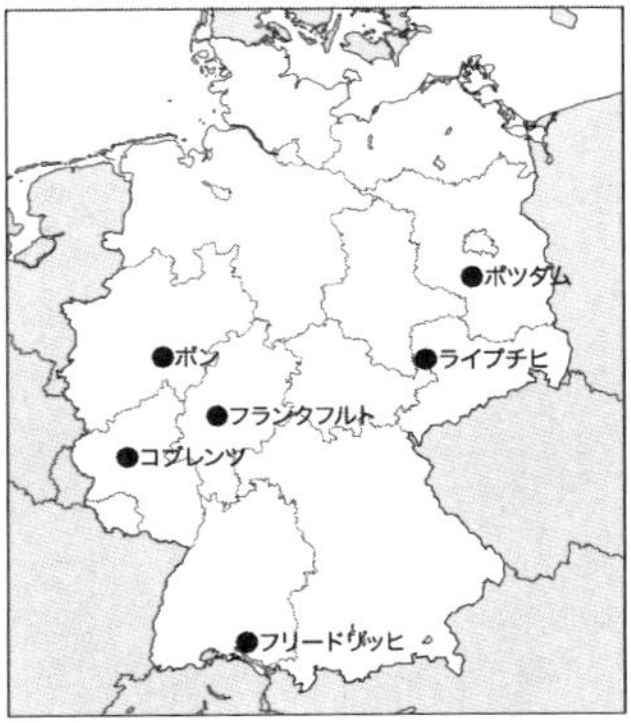

■ドイツ語の定冠詞の格活用

男性名詞なら der, des, dem, den、女性名詞なら die, der, der, die、中性名詞なら das, des, dem, das と変化する。

第3時限目　日本史

文を以《もっ》て武に報《むく》いる

利休の死は謎に包まれている。

「表のことは弟の秀長に訊け、内のことは利休に訊け」

あの関白秀吉が、そこまで信頼した寵臣だから、大名たちは進んで利休の弟子になり、秀吉へのとりなしを頼んだ。その利休に、秀吉が切腹を命じたのはなぜか。

表向きの理由は、天子もくぐる大徳寺山門の上に、利休の雪駄《せった》ばきの木像が据えられていたことや、価値のない茶碗に、利休の名で法外な値をつけ、暴利をむさぼったこととされる。ちょうどそのころ、利休の盟友であり、庇護者でもあった秀長が、死去したのも不運であった。

だがほんとうの理由は、そんなことではない。秀吉と利休の間に、決定的な衝突がなければ、蟄居《ちっきょ》命令から切腹にまでは至るまい。

まずいわれるのは、茶道に関する芸術的な対立である。派手好みの秀吉は、黄金の茶室を作って、客をもてなした。利休は三畳、二畳、一畳半と、茶室をだんだん小さくして、わびさびの美にこだわった。

秀吉はある日、利休屋敷に朝顔がいっぱい咲いていると聞き、それを見たいと所望した。利休は秀吉訪問の前夜に、朝顔を一輪だけ残して、後は全部棄ててしまった。アテがはずれた秀吉は、きっと腹を立てたことだろう。

■大徳寺
京都市大徳寺町にある臨済宗大徳寺派の大本山。千利休、小堀遠州などの茶人が庵を結び、多くの茶室・茶庭が造営された。
■ルソンの壺
堺の商人、呂宋助左衛門が、フィリピンのルソン島で日用品だった壺を大量に輸入。豊臣秀吉や千利休が高く評価したため、助左衛門は巨万の富を築いたという。

たとえ相手が天下人でも、美意識については、決しておもねらない。命をかけても譲らない。それこそが茶道の極意であると、利休はいいたかったに違いない。

別の説では、秀吉が利休の娘を妾に所望し、断られたことで、亀裂が生じたという。板挟みになったその娘が、自害して果てたのは、利休にとって痛恨のきわみであった。

利休の所有する名物の壺を、秀吉が欲しがり、それを断ったために、不興をこうむったともいう。切腹を予測した利休は、その壺をある寺に預け、秀吉の手に渡らないようにしたそうだ。

利休が発見したルソンの壺で、秀吉に茶を点《た》てたところ、それがシビンであることが、後に分かって、逆鱗《げきりん》にふれたという説もある。

「そんなものは全部嘘ですよ」

杉本苑子さんは、私との対談の席で、明確に否定なさった。

「堺の豪商と、秀吉をつなぐ太いパイプが、

利休だったんです」

堺の豪商たちは、秀吉の権力を利用し、貿易などの特権を得て、莫大な利益を上げた。同時に彼らは、相当の貢《みつ》ぎ物を、秀吉に贈った。企業と政治家の関係は、昔も今も変わらない。その橋渡し役が、側近の利休であった。

ところが堺商人のひとり勝ちを、快く思わない京商人や博多商人が、大型の逆転プロジェクトを立ち上げた。それが〈朝鮮出兵〉である。

秀吉をそそのかして、朝鮮に兵を送れば、大量の武器弾薬が必要になる。九州に本陣を構えれば、博多商人は大いに潤う。朝鮮を滅ぼして、明国まで攻め入れば、日本の中心は博多になるかも知れない。

秀吉の心は大きく動いた。日本全土を平定し、名実ともに天下人となった秀吉は、能楽や、茶の湯や、花見に明け暮れて、いささか退屈していた。朝鮮を手に入れたら、諸大名にも領地を分けてやれる。

これに真っ向から反対したのが、利休であった。すぐれた陶磁器を生み出す朝鮮文化に、茶人として敬意を抱いていたし、何よりも出兵の大義名分が見当たらない。しかし秀吉は、利休の意見を聞き入れなかった。聞き入れないというより、堺商人の入れ知恵と考えた。讒言《ざんげん》もあったに違いない。秀吉は利休が邪魔になった。

杉本さんのお話では、堺商人と博多商人の利権争いが、利休の切腹につながったということだ。

年表を調べると、関白秀吉が朝鮮使節を引見し、朝鮮を通って明を攻めると申し渡したのは、天正一八（一五九〇）年一一月である。

秀長の死は天正一九年の正月、利休が聚楽第《じゅらくだい》を追い出され、堺の屋敷に蟄居《ちっきょ》させられたのは、一九年の二月一三日、切腹したのは二月二八日である。

堺の豪商は縮み上がった。今井宗久は高齢を理由に出仕せず、津田宗及は四月に病死した。相対的に京商人、博多商人は勢いを得た。

秀吉は翌年（文禄元年）の一月、征明の軍を編成し、三月には京を発して肥前名護屋へ向かった。四月には七〇〇余波の軍船が、釜山に上陸して〔文禄の役〕が始まった。

日本軍は朝鮮国に攻め入って、国土を蹂躙《じゅうりん》し、殺戮と略奪を重ね、七万人以上もの俘虜を連れ帰った。

戦争の原因には、英雄の征服欲もあり、民族や宗教の対立もあり、突発的な軍事衝突もある。しかし多くの場合、大義名分や正義の裏に、国家的な利権がからんでいることを、見逃してはならない。〔文禄の役〕〔慶長の役〕は、大商人の利権争いに端を発しているようだ。

風が吹けば、目にホコリが入る。ホコリが入ると盲人がふえる。盲人がふえると三味線が売れる。三味線はネコの皮を使うから、ネコがたくさん殺される。ネコが減ればネズミがふえる。ネズミがふえれば、桶《おけ》をかじる。だから桶屋が儲かる。

憲法を改正すれば、軍隊を持つことができる。軍隊を持てば戦争ができる。戦争をすれば大量の武器弾薬が消費される。武器弾薬が消費されれば、軍需産業が儲かる。さて――。

関ヶ原の合戦で、大勝利を収めた徳川家康は、征夷大将軍の座に就くと、早速朝鮮国に、断絶していた国交の回復を求めた。二度にわたり、秀吉に侵略された朝鮮国は、これにどう対応しただろうか。

家康の真意を図りかねた朝鮮国王は、まず家康の〈先為国書〉を求めている。つまり先に申し出があったことを示す文書である。

したがって慶長一二年、江戸時代最初の朝鮮国使節団は、室町時代からつづいていた〈朝鮮通信使〉の名称を避けて〈回答兼刷還使〉としている。家康の国書への回答と、連行された俘虜の返還請求である。

使節団は総勢五〇〇余人。朝鮮国では名を知られた超一流の学者や文化人が、ど

■朝鮮通信使

朝鮮国王が日本国王に国書を手渡すために派遣した使節。1404 年に足利義満が日本国王として朝鮮と対等の外交関係を開いてから明治維新まで、両国は基本的にその関係を維持した。江戸時代には 1811 年まで 12 回来日した。

っと来日したのだ。日本の学者や文化人は、驚喜して彼らの教えを乞い、共に漢詩を朗読し、揮毫《きごう》を頼み、歌や踊りを楽しんだ。使節団のパレードは、各地で大歓迎を受け、宿舎は門前市《いち》をなすありさまであった。

家康は使節団を丁重にもてなし、国交は無事に回復した。以後〈朝鮮通信使〉は、将軍の代替わりのつど来日し、日朝文化の交流に、大きな役割を果たした。ただし約束した俘虜の返還は、連行から十年の歳月を経たこともあり、東南アジアに売り飛ばされた者や、日本に定住して結婚した者も多く、帰国後の生活に不安を抱く者もあって、はかばかしい成果を得られなかった。

「文を以て武に酬《むく》いる」

これは〈朝鮮通信使〉が、日本に残した言葉である。日本の武力侵攻に対し、文化で酬いるという意味だ。これほど美しい言葉を、私はほかに知らない。

第４時限目　防災訓練

真夏の夜の災難

天災は忘れたころにやってくるというが、風邪やギックリ腰や落とし物から、交通事故、爆弾テロに至るまで、人の一生は、大小さまざまな災難の連鎖である。災難は家庭の中にもあり、かつて妻が夫を殺して、庭に埋めた事件があった。

「ぼくも気をつけなくちゃ」

私がそういうと、たちまちツナちゃんに切り返された。

「うちには埋める庭がありません」

ツナちゃんは、カウンターパンチの達人である。リビングに小さな花台を買ったら、引出しがついていたので、私が親切にいった。

「大事なものは、ここに入れておきなさい」

「それじゃ大事なものを、買ってください」

トシのせいか、左の目尻にシミが出てきた。

「いやだな。これは老斑だよ」

「あーあー、ローハン喫茶へいくしかありませんね」

人はみな、災難を避けたいと思うが、自分が災難のもとになっていることには、なかなか気づかない。

私は毎年の夏、都心の一流ホテルで、ひと晩だけ、豪華なディナーショーを開い

■老斑
老化性色素性皮膚疾患群と言い、慢性的に紫外線に露出している顔、手の甲、腕等によく現れる。老化現象により表皮がデコボコに盛り上がる場合もある。

ている。もちろん私が歌うのである。なぜ脚本家の歌を、聞かなければならないのかと、いぶかる向きもあろうが、お客の大半は、ほぼ常連であり、断る口実をあれこれ考えるのが面倒で、いっそ出席したほうがマシだと、悟りを開いた人々によって、成り立っている。ただし豪華なのは、一七人編成のフルバンドと、有名なゲスト歌手と、フルコースのフランス料理と、おしゃれして集まるお客であって、誰も私の歌など期待していない。

そのへんの事情を、同業の内館牧子さんが、週刊朝日の連載エッセイに書いているので、無断で部分引用させて戴く。

「私はその超満員札止めの歌声を、一度聴いてみたいと、ずっと思っていたところ、偶然にディナーショーのチラシを、目にしたのである。そのチラシには笑ってしまった。〔恒例・真夏の夜の災難〕と、ドーンと印刷してある。ゲストの汀夏子さんは〔お慈悲出演〕とあり、佐々木功さんは〔とばっちり出演〕とある。〔友情出演〕とか〔特別出演〕は聞くが、こんなのは初めてだ」

「これは〔お一人様三万円〕を払っても、何か面白そうだと思い、出かけることにした。もっとも、本格的な災難だと迷惑がかかるので、私ひとりでいくことにし、テーブルは友人でもある佐々木功夫人の隣にとって貰うことにした」

「そして当日、ジェームスさんは思った通りに、甘い歌声であったが、ここだけの話、何度か音程を外し、何度かリズムに乗り遅れ、客としてきていた津川雅彦さんや、五大路子さんに〔これでもずいぶん、お上手になられました〕と褒《ほ》められ、会場は大爆笑である。さらにジェームスさん本人が〔中村美律子さんは、食事だけして、歌を聴かずに帰ってしまった。うまく災難を逃れた〕とおっしゃるに至っては、もはや会場はほのぼのとした空気に包まれてしまったほどだ」

「他人の災難なんて思いはかる必要はない。年に一回くらい、人々はその災難を楽しんでくれるものだ。世の中には災難を求めている人も多いから、臆することなく、ぜひ人前で趣味を披露し、災難をバラまくことをおすすめする」

あのね内館さん、いくら横綱審議委員でも、ひどいじゃないですか。こうあけすけにいわれたら、まるで私は、災難の家元みたいじゃないですか。バイキンみたいじゃないですか。いつか懲《こ》らしめのために、内館さんの自宅に上がりこんで、朝から晩まで、歌いつづけてやるぞ。

そういえば何年か前に、これも同業の橋田壽賀子さんが見えて、公衆の面前でおっしゃった。

「ジェームスさん、結構なお道楽ですねぇ」

古典落語に、使用人や店子《たなこ》を集めて、無理やり義太夫を聞かせる旦那の話があるが、私のディナーショーは、あれと一緒なのか。

趣味とか道楽といわれるのは、はっきりいって、不本意である。四〇年前はプロの歌手だったんだから。毎年、ほかに使い途のないタキシードを新調して、世のため人のために、歌っているつもりなんだから。

それが結果的に災難になるのは、年に一回しか歌わないからだ。声帯というのは筋肉であり、スポーツ選手のように、毎日トレーニングをしなければ、衰退してしまうのだ。悔しいから今年の夏は、ひと月ぐらい前から発声練習をして、名誉挽回に努めようと、決意を新たにしているが、果たしてどうなりますか。

お客の災難もさることながら、毎年いちばんの災難は、バンドの皆さんではないだろうか。なにしろ日本を代表するジャズのフルバンド〔原信夫とシャープス&フラッツ〕が、いやな顔もしないで、つきあってくれているのだ。

現役時代、三流のジャズ歌手だった私は、こんな凄《すご》いバンドで歌う機会は、滅多になかった。だから本人は、わくわくしている。音を外そうが、歌詞を忘れようが、原さんはちゃんと帳尻を合わせてくれる。海軍軍楽隊出身の原さんは、バンド暦六〇年に近く、戦後すぐからシャープス&フラッツを率いて、日本のジャズシーンを、常にリードしてきた。今でも指揮をしながら、テナーサックスを吹く姿は、颯爽《さっそう》として若々しい。原さんが現役でいる間は、災難といわれようが、何といわれようが、私もディナーショーを、つづけようと思っている。

「バンド演奏の間に、タキシードを着替えたいのですが、時間はどのくらいありますか」

打合せのとき、私は原さんに訊ねた。原さんは軽く答えた。

「女よんで一回やれるぐらい」

みんながどっと笑った。念のために書いておくが、原さんはジャズ界きってのジエントルマンである。原さんの人格を疑ってはいけない。ジャズミュージシャンは、こうした独創的な言い回しを、珍重して嬉しがる。その飛躍こそが、ジャズの精神だからだ。

■主要国のセックス時間（前戯・後戯の時間を除く）
イギリス22.5分／ドイツ22.2分／スペイン21.7分／イタリア20.1分／アメリカ19.7分／日本19.5分／タイ11.5分／全世界平均19.7分
（コンドームメーカーDurex社調べ）

女よんで一回やれる時間は、人によってまちまちだろうし、それが何分ぐらいを指すのか、実際には分からない。ともかく、演奏時間はたっぷりありますよと、原さんはいいたかったのだろう。〔スープのさめない距離〕に、匹敵するインパクトではないだろうか。

ツナちゃんにその話をしたら、いたく感心したらしく、ことあるごとに、その言い回しを応用し、ところ構わず連発するので、私はハラハラしている。


「早くメシにしてよ。あとどれくらい待てばいいの？」

「女よんで一回やれるぐらい」

「ごめん。車が渋滞してたんだ。だいぶ待った？」

「女よんで一回やれるぐらい」

「どうだこのチーズケーキ、おいしいだろう？」

「女よんで一回やれるぐらい」

コラムでランチ

フグ肝

　大分県のある町で、講演会が終わった後、青年会議所のメンバーと会食をした。ごちそうの中に、スブタ状のものが、二個入った小鉢があった。もしやと思ったら、やっぱりフグの肝である。

「いいなあ、これ大好物なんです」

　知ったかぶりで、悦《よろこ》んで見せたのが、そもそもの間違いのもとであった。たちまち居合わせた二十人分ぐらいの小鉢が、私の目の前に集められた。

「さあ、どうぞ召し上がってください。私たちはいつでも、食べられますので――」「フグの肝は、大分県でしか食べられんとですよ」「タレの中で、肝の一部を崩して溶かして、それをつけて食べると、うまかですけん」

　しまったと思ったが、後の祭りである。私の脳裏に、フグの肝で中毒死した名関脇や、歌舞伎の名優の顔が、浮かんだり消えたりする。「ジェームス三木、フグの肝を食い過ぎて急死」なんて、新聞の見出しがちらちらする。

「大丈夫でしょうね」

　心なしか声が小さくなった。

「大丈夫。ここ十年ぐらいは、フグに当たった人はおらんとですよ」

　こうまでいわれりゃ、食べないわけにはいかない。全部は無理としても、十個ぐらいは食べないと男がすたる。そうか、飛行機が落ちるよりは確率が低いんだ。ええい、なんだフグの肝ぐらいと、ひとつ口にほうり込んで、思わず唸《うな》った。うまい。何ともいえないコクがある。

「うまいなあ。大分県の人は幸せだなあ」

「食べて十五分以内に、からだがしびれたりしなければ、心配なかですけん」

おいおい、何てことをいうんだ。十五分間は、生きた心地がしないではないか。そう思いながらも、またひとつ頬張《ほおば》る。実にうまい。もうやめられない。止まらない。

そのとき、末席に座っていた筆頭足軽荒井君と、目が合った。彼は青ざめた顔つきで、腕時計と私の様子を、交互に見ている。そしてきっちり十五分たつと、安心してフグの肝に箸《はし》をつけた。

「わー、うまい！　これはほんとにうまい！」

荒井君は絶叫しながら、たてつづけに食べている。とんでもない野郎だ。主君の私に、毒味をさせるやつがあるか。

後日、大分県知事の平松さんと、対談する機会があり、山ほどフグの肝を食べた思い出を語った。

「そうです。日本広しといえども、フグの肝が食べられるのは、大分県だけです」

平松さんは屈託なく笑った。ところが、対談が掲載された県の広報誌では、発言が「当局の指導で、フグの肝が食べられなくなったのは残念です」と書き換えられていた。これは恐らく建前であろう。大分県の料亭でフグの肝を出さなくなったとは、今も聞いていない。

法律とは常に、事なかれ主義であり、無粋きわまりないものである。有害な食物を、国家が指摘し、警告するまではよいが、フグの肝まで麻薬なみに、法律で禁止するのは、行き過ぎじゃないか。少なくとも過保護ではないか。

年に百人もフグで死ぬわけではなし、あんなうまいものを、取り締まるなんてけしからん。それなら落ちる可能性のある飛行機も、禁止すべきではないか。国民はおのれの責任において、身を守ればよいのであり、他人に迷惑をかけないかぎり、食べる自由を保持したいものだ。

第5時限目　技術家庭

ドリル式

貝原益軒の〔養生訓〕は読んだことがない。それでも「接して洩らさず」だけは知っている。女性と合体しても、発射さえしなければ、気力体力を温存できるという教えだ。

それはそうかも知れないが、何と功利的な発想であろうか。ありったけの情熱を込めて、のびやかに発射するのが男のマナーだろう。わが身かわいさが先に立ち、小手先のテクニックを弄《ろう》するのは、女性への誠意を欠くのではないか。洩れるのを恐れるなら、最初からやるな。

巷間伝えられる貝原益軒のエピソードは、どれもこざかしくてみみっちい。女性は何歳ぐらいまで、性欲があるのかと、老母に訊ねると、黙って火鉢の灰をかきならしたので、ああそうか灰になるまでかと、悟ったそうだが、老母は単にきまりが悪くて、灰をいじったのかも知れないではないか。ひとりよがりで勝手に悟るな。だいたい母親に、そんなことを訊くな。

益軒は後妻を貰うときも、村で一番の醜女を選んだそうだ。なにもわざわざと、いぶかる世話人たちに、醜女は虚栄心がないし、分をわきまえているから、よく働くのだと語ったらしい。本当の話なら、いやな男だ。そこには愛のかけらもない。妻を労働力としか見ていない。

まだある。乗合船の中で、とうとうと学をひけらかす儒学者がいて、その男が下船の前に、何かの縁だから、ひとりずつ名乗り合おうといった。黙って聞いていた益軒が、最後に姓名を明かすと、一同驚いて頭を下げ、くだんの儒学者は、大いに恥じ入ったという。益軒のしたり顔が目に浮かぶようで、後味が悪い。謙虚な気持ちで、黙っていたのなら、最後も偽名を名乗ったらどうだ。

まあ、これらの話は、どうせフィクションだろうから、益軒先生は不本意かも知れない。誤解だったらごめんなさい。

もう少し〔養生訓〕にこだわってみたい。「接して洩らさず」の戒めは、どの年代の男性に向けて、発せられたのであろうか。精気溌剌《はつらつ》の若者に、洩れるという言葉はそぐわない。あれは噴出するのである。ほとばしるのである。接する以前に、ちょっと畳をかすめただけで、暴発するケースもあるくらいだから、理性のコントロールは、まず不可能である。

精気衰えた老年期は、逆の意味で困難に遭遇する。「接しても洩れない」「洩れる前に縮む」のである。

察するに益軒は、経験豊富な壮年期の男性に向けて、気力体力の温存法を、説いたものと考えられる。では〔養生訓〕の対象にならない高齢者は、どうすればいいのか。これが本章のテーマである。

私は若いころから、漠然としたひとつの不安におののいていた。いつかトシをとって、勃起不全になったら、どうやって欲望を、処理すればいいのか。

だがこれは杞憂であった。トシをとれば、うまい具合に、欲望も減退するのだ。少なくとも合体願望に、悶々とのたうち回ることはない。勃起角度と性欲は比例する。

しかしながら男というものは、生理的本能とは別に、社会的なプライドに基づいて、いつまでも現役であることを、誇示したいのである。

たとえカラ元気とか、虚栄心とか嘲笑されても、男の尊厳だけは大切にしたい。〔実るほど頭を垂れる稲穂かな〕では困るのだ。いざというときは、シャキッと屹立《きつりつ》していて、女性の称賛を浴びたいのだ。

だから中高年の男性は、ジョギングやゴルフで、足腰を鍛える。納豆を食い、チーズを食い、とろろを食い、生肉を食い、各種の精力剤を取り寄せて、やっきになる。とにかく勃起しなければ、接することができない。接することができなければ、洩らすも洩らさないもないではないか。

今はバイアグラ等の出現で、勃起不全の悩みは、劇的に解消されつつある。あれ

■勃起不全
「インポテンツ」とも呼ばれていたが、近年は「ED」と呼ばれるようになった。先進国の男性人口の1割を占めるといわれ、加齢に伴い増加傾向にあり、日本では40～50代男性の半数が悩んでいるという報告もある。

は高齢者にとって、孫悟空の如意棒にも匹敵し、人類最大の発明ともいえようが、何だか薬に頼るのは、後ろ暗い感じがしなくもない。購入時に、医師の処方箋が必要というのも、自尊心を傷つける。

私がひそかに感嘆するのは、勃起不全に対する先人の涙ぐましい努力の数々である。

有名な〈金冷法〉は、股間に熱い湯と冷水を、交互にかけて鍛えるのだが、昔の銭湯では、おじさんたちが真顔で試みている姿を、よく見かけたものだ。

原始的なのは、男性自身を平台に乗せて、梶棒で叩く方法である。真っ赤に腫れ上がったのを、更に赤アリに食わせて、ゴリゴリに仕上げるという、凄いのもあった。

江戸時代には〈助け舟〉という道具があった。どんなシロモノか、見たことはないが、要するに勃起不全のモノにつける副木《そえぎ》らしい。

グニャチンを靴ベラに乗せて、そっと挿入するのも有効らしいが、これは相手に叱られるだろう。

「私は靴ではありません」

女性は勃起不全に対して、おおむね理解がない。冷淡である。

あるとき泥酔して、意のごとくならないモノを、無理やり挿入しようとしたら、即座に押し戻された。

「私は小物入れではありません」

仕方なく指で愛撫すると、不愛想にいわれた。

「火を起こしてるんですか?」

乳首をつまんで揉《も》んでいたら、更に追い撃ちを食った。

「お焼香ですか?」

私は思わず噴き出した。忘れもしないその名はツナちゃん、彼女の辛辣《しんらつ》なユーモアには、文句なしに脱帽せざるを得ない。

さて、ここで紹介したいのは、かつての国策パルプの会長であり、財界の重鎮であった南喜一氏が、生前に開発した〔秘伝ドリル式〕である。昭和四五年に、七六歳で他界した南氏は、名うての性豪として知られていたが、晩年はやはり、勃起不全に悩んだらしい。著作〔ガマの聖談〕の中に、驚倒すべき苦心談が、記されている。

「ネジの原理を応用したんだな。最初はしぼんだやつを、左へ左へと巻くのだ。この場合、二廻りはまわさなければならん。なかなかたいへんだが、ねじればねじるほど効果がある。このねじったやつを定位置につけて、パッと挿入するわけだ。するとドリルのように、確実に進入の目的を果たすことができる。文字通り人体穿孔

機というやつだ。この実験は、おしぼりなどを使っても、簡単にやれる。限界までねじったおしぼりを、急に放すと、おしぼりは巻き戻され、その瞬間、猛烈な勢いで前進しようとするじゃないか」

つまり南氏は、物理的な復元力を応用して、ブルンブルンと挿入したのである。入りさえすれば、後は何とかなるということだろう。

この情熱、この研究心こそ、男の鑑《かがみ》ではあるまいか。私は貝原益軒より、南喜一のほうが、数段すぐれていると信じる。

親愛なる読者諸君よ。ドリル式を試みるのはよいが、ねじり過ぎて、ポロッと取れぬよう注意すべし。

第6時限目　臨時職員会議

歴史教科書検定

こどもに先祖の話をするとき、うちのおじいちゃんは、近所の嫌われ者だったとか、そのまたおじいちゃんは、こんな悪事を働いたとか、身内の恥を、進んで語る人はいない。

たいがいは黙って語らないか、事実をねじ曲げて美化するか、ふたつにひとつである。その気になれば、あらゆる事柄は、正当化できる。

国の教科書だってそうだろう。敬意を払うべき祖先の悪口は、子孫として、なるべく書きたくないのが、人情ではないだろうか。

歴史認識に誤りがあると、隣国からクレームがつくのは、近所の人から、お前の家ではこどもに嘘を教えていると、難癖をつけられたようなものだから、ついむっとして、言い返したくなる。

「俺ンとこが、どんな教育をしようと勝手じゃないか。お前ンとこだって、うちの悪口を、こどもに吹き込んでるだろうが——」

歴史の文献をひもとけば、かつてはそれぞれの国が、それぞれの立場や主観に基づいて、都合のいい歴史を、組み立てていたようだ。

私たちの世代は、日本は神の国であり、天皇は神であると、信じ込まされた。昭和一五年は〔紀元二千六百年〕であると教えられた。歴史を水増ししたため、五代

■武内宿禰

大和朝廷の初期の五天皇に244年間仕えたという伝説上の人物。蝦夷地の視察や新羅《しらぎ》征伐などに活躍したという。

の天皇に仕えた武内宿禰《たけのうちのすくね》は、三百歳まで生きたことになり、これは怪しいと、こども心にもうさん臭く思った。

歪曲と誇張で綴《つづ》られた歴史の教科書は、敗戦直後に、大幅に書き換えられた。間に合わなければ、墨で黒塗りさせられた。それまで教わった歴史は間違っていたと、教師にいわれて茫然とした。

天照大神は果たして、実在したのだろうか。もし卑弥呼と同一人物であるなら、その存在は三世紀ということになるが、そのへんの突き詰めた研究は、今でも何となく、タブー視されている。

三世紀ごろ、中国で書かれた〔魏志倭人伝〕には、卑弥呼とか邪馬台国とか、悪意のネーミングがなされている。倭国とか倭人とかも、小さいという意味の蔑称だから、今なら国際問題になりかねない。もっとも私たちだって、半世紀前には、憎しみを込めて〔鬼畜米英〕といったものだが。

今は世界中が、インターネット情報網に組み込まれ、文化交流も盛んな時代であるから、独善的な歴史観を、教科書に盛り込むことは、むずかしくなった。個人や家庭とは異なり、現代国家には、プライバシーがなくなったのである。

成熟した国際社会は、かつての対立から脱皮し、共生の道を歩みはじめている。

国家のプライドや、アイデンティティーも、大切には違いないが、教科書の記述が、他国の感情を刺激するとしたら、よく話し合って、理解を得る努力を、惜しむべきではない。

教科書問題を論じるのに、もっとも大切なのは、歴史を学問として捉えることだ。学問であるからには、可能なかぎり、真実を追求しなければならない。

ところが前述したように、歴史が真実であるかどうか、あるいはどの記述が正しいかを、判断するのは至難の業である。必ずしも自国の行為を、正当化するためとはいえず、歴史には客観的な証拠が、ほとんどない。戦争の現場を、テレビ中継したとしても、これが真実だという映像は、部分でしか撮れない。カメラのアングルはまちまちだし、編集やコメントには主観が入る。国によっては検閲があって、表現の自由を妨げられる。ただし戦争についていえば、どちらがより多くの被害を受けたかを、判断するのは容易である。

よその家に乱入して、物を壊したり、家人を傷つけたり、火を放ったりすれば、どんな理由があろうと、罪を咎《とが》められるのは、乱入したほうだろう。

国境を越えて他国に侵入するのは武装した軍隊である。侵入された側は、大事な国土を破壊され、多くの民間人も殺される。他国の軍隊に、武力で蹂躙《じゅうりん》された経験

■村山談話

1995年の戦後50周年記念式典において、当時の村山首相は閣議決定に基づき、日本が戦前、戦中に行ったとされる「侵略」や「植民地支配」について公式に謝罪した。この談話は日本国政府の公式歴史見解として扱われ、歴代政権に引き継がれている。

を持つのは、日本では沖縄だけだが、その被害がどんなに悲惨であったかを、思い出して貰いたい。

韓国や中国が、日本の歴史教科書に、過剰と思えるほど敏感なのは、それなりの理由があるからだ。日本が韓国を併合（植民地化）したり、中国本土に大量の軍隊を送り込んで、大きな被害を与えたりしたことは、紛れもない事実である。

天皇はこれを〈不幸な過去〉〈深い悲しみ〉と表明した。村山首相も日本国民を代表して、遺憾《いかん》の意を明らかにした。それでもアジアの諸国は、日本への警戒心や、不信感を、払拭しきれないでいる。

第二次世界大戦の終結後、終戦処理にあたった連合国の極東委員会の会議で、いみじくも中国の代表はこう発言した。

「日本は戦争を起こしても、これを戦争とはいわず、軍隊を持っても、これを軍隊とはいわないだろう」

実は第一次世界大戦が終わったときも、関連諸国は平和条約を結び、二度と戦争は起こさないと誓い合った。日本はその後、満州事変や支那事変を起こしたが、これを戦争とはいわず〈事変〉と称した。今では軍隊を〈自衛隊〉と称している。

これはアメリカも同じで、実質はアメリカ軍なのに、国連軍とか、多国籍軍とか、言い逃れをしている。米朝戦争、米ベ戦争、米イ戦争といわずに、朝鮮戦争、ベトナム戦争、湾岸戦争と、後ろめたげなぼかし方をしている。

日本にせよ、アメリカにせよ、あるいは他の国にせよ、権力者が国威発揚を念頭においた時代は、歴史を強引にねじ曲げるのである。

北朝鮮との間で、揉《も》めている拉致問題も、真相は不明のままだが、被害者である肉親の悲しみは、言語に絶するものと思われる。

だが豊臣秀吉は、文禄の役と慶長の役で、数万人に及ぶ朝鮮国民を、日本に拉致したのである。数十年前にも、多くの韓国人、朝鮮人を、労働力として強制連行している。

加害者側には、被害者の苦しみや悲しみが、よく分からない。だからこそ日本の歴史教科書に、不信の念を抱くのである。

韓国も中国も、日本の歴史教科書を、書き換えろとはいっていない。共通認識を曲げるなと、注文をつけているのだ。これをいやがらせだとか、政治的意図があるとか、決めつける前に、教科書の記述が、相対的に妥当であるかどうかを、冷静に検討してはどうか。

その上で、改めるべきは改め、応じられない部分については、韓国や中国から、かくかくしかじかのクレームがあったことを、歴史教科書に明示する手もある。それも重要な歴史のファクターなのだから。

そして私なら、交渉の段階でこういってみたい。

「むろん共通認識は尊重しますが、こどもたちが祖先を憎み、日本国民であることに、自信を失うような教科書では、教育そのものが成り立たないのです」

第六日目　金曜日〔平常授業〕

第1時限目	教育原理	〔民主主義と儒教〕
第2時限目	生命倫理	〔クローン人間〕
第3時限目	外交史	〔NGOの元祖〕
第4時限目	自　習	〔女性問題の傾向と対策〕
昼　食		〔卵かけごはん〕
第5時限目	特別講演会	〔高校生とセックス〕
第6時限目	就職相談	〔百年の羊〕

第1時限目　教育原理

民主主義と儒教

民主主義の普及は、まことに結構だが、その引換えに、失われたものも少なくない。たとえば礼節、たとえば気品、謙譲の美徳、惻隠《そくいん》の情、慎み、潔さ、奥ゆかしさ。その多くは儒教思想に基づくが、儒教は民主主義に反すると決めつけられ、教育の現場から排除された。そして日本人のほとんどが、アメリカ人になりつつある。果たして儒教は、民主主義と相容れないのか。日本人はタライの水を棄《す》てようとして、赤ん坊まで棄ててしまったのではないか。

江戸時代の学問と思想は〈神道〉〈仏教〉〈儒教〉を根本とし、公家も武家も庶民も、この三本柱を精神の糧とした。

神道の神社と、仏教の寺院は、拮抗したり、並立したり、ときに融合もしたが、寺社奉行の監督下で、宗教の役割を、それぞれ行使した。儒教は教祖がなく、組織的な布教もしないので、宗教ではない。

五代将軍綱吉の時代に、柳沢吉保の豪邸六義園《りくぎ》で、仏教と儒教の御前問答があった。選手は護持院の隆光大僧正と、吉保の召し抱える儒学者荻生徂徠《おぎゅうそらい》である。

隆光「仏教は釈迦の教えに従い、仏の道をきわめ、みずからも成仏することを念じます」

徂徠「儒教は孔子孟子の教えに従い、聖人の道を崇《あが》め、わが身を律するよすがとい

■柳沢吉保

徳川綱吉に仕えた江戸幕府の老中。元禄時代の文治政治の推進を行った。

■隆光

徳川綱吉の側で勢力をふるい、「生類憐みの令」の発布などに関係した真言宗の僧。

■荻生徂徠

江戸中期の儒学者で、柳沢吉保や八代将軍徳川吉宗への政治的助言者にもなった。

たします」

　ここで綱吉が徂徠に訊く。

「聖人とは何ぞや。神のことか」

徂徠「神にして神にあらず。古代の帝王と申し上げます。聖人の道とは、古代の帝王が、天下を治めた道にござります」

隆光「仏の道は天下のみならず、極楽も地獄もふくめ、森羅万象のことごとくを治めます。仏教伝来して一千有余年、その功徳はあまねく天下に満ち、僧侶、寺院はいやますばかり、念仏によって衆生《しゅじょう》を済度《さいど》いたせば、天下はおのずから定まり申す」

徂徠「天下定まるは法の力でござる。仏教では必ずしも君臣親子の礼を説かず、門前にて食を乞い、木の下に寝て、鹿のごとくさまよい暮らすを是といたします」

隆光「おのれを棄て煩悩を棄てるのが、極楽浄土への道でござる」

徂徠「しかれども現世においては、僧侶にも官位がござり、宗派がござります。御公儀は寺院の経営を、取り締まらざるを得ず、この制度こそ儒教の教えに基づくものにござります」

隆光「目を開いて天下をご覧あれ。仏の慈悲によって救われる者と、儒教によって救われる者と、どちらが多いか」

徂徠「それは仏教にござりましょう。ただし仏教もまた、天下国家の中にあり、天下国家を治める道は、儒教によって示されるものにござります」

隆光「されば儒教は智恵でござる。仏教は祈りでござる。かぎりある智恵を補うは、祈りて仏の慈悲にすがるよりなし」

私なりの解釈だが、問答の内容はざっとこうなる。儒教は先人の智恵を伝える〈学問〉なのだ。

私が儒教を見直したいのは、千年以上かけて、人間のあるべき姿を、率直に説いているからで、論語に書かれた親切とか、正直とか、友愛とか、親孝行とかを、教育の現場に取り入れて悪いわけがない。

むろん帝王のいた時代の教えであるから、民主主義や、人権問題に抵触する部分もある。そっくり受け入れるわけにはいくまい。

もっともひっかかるのは〈忠義〉という概念だろう。民主主義社会だから無理もないが、日本人は忠義イコール天皇制イコール封建社会と、短絡し過ぎてはいないか。

■論語

孔子の言行録。その巻第一の「学而篇」は「子曰（しのたまわ）く、学んで時にこれを習う。亦（また）説（よろこ）ばしからずや。朋（とも）有り遠方より来（きた）る。亦楽しからずや。人知らずして慍（うら）まず。亦君子ならずや」からはじまる。

たとえば赤穂浪士には、三通りの忠義があった。天皇への忠義、将軍への忠義、浅野家への忠義である。吉良家への討ち入りは、浅野家への忠義であるが、将軍に対しては反逆であった。だから切腹させられた。

忠義は報恩であり、その根本は帰属意識である。現代人でも帰属意識はきわめて強い。イデオロギーに忠義をつくす、会社に忠義をつくす、教祖に忠義をつくす、憲法九条に忠義をつくす、母校に忠義をつくす、巨人軍に忠義をつくす、行きつけの飲み屋に忠義をつくす、金銭に忠義をつくすといった具合である。どこかに帰属することによって、みずからのアイデンティティーを、確保したいのだ。そのひとつの表れが、名刺の肩書である。

人間はみな、何かに忠義をつくしたいのだ。問題は忠義の対象であって、忠義そのものではない。忠義の否定は、人権の否定である。

教育の荒廃がいわれ、しつけの乱れが指摘される現在、私たちは謙虚に論語を読み直し、再チェックする必要がありはしないか。何といっても千年を超えて、先人が語り継いできた、人生の指針なのである。

私は〔教育勅語〕を復活しろといっているのではない。論語の中のよい部分を、現代にふさわしくアレンジし、民主的に新論語を作ったらどうかといっているのだ。

忠義という言葉にアレルギーがあるなら、信義といい替えても構わない。

教育の根本原理が、見つからないままでは、枝葉末節を論じても、稔りはあるまい。子を持つ親や、教育現場の教師が、拠《よ》って立つ柱を作れといいたいのだ。

儒教がベストかどうかは分からないが、ほかに画期的な柱が見つからないかぎり、先人の智恵を見直すしかないではないか。

民主主義にも欠陥はある。商業至上主義がはびこり、悪いやつがトクする傾向に陥りやすく、へたをすると、民主的に軍事国家が作られる危険性もある。こうした副作用を防止するには、個々の人間の中に、美学や哲学を、育てなければならない。いわば心のルネッサンスである。

戦後民主主義の大きな間違いは、家庭内民主主義と、校内民主主義である。基本的人権において、平等なのは当然だし、親や教師が、こどもの意見をよく聞くことは大切だが、育てられる者が、育てる者に礼をつくし、教えられる者が、教える者を尊敬するのは、誰が考えても、まっとうな姿であるはずだ。親は子より偉く、教師は生徒より偉いのだ。もうひとついえば、あらゆる組織の業務は、部下が上司に従ってこそ成り立っている。タテのものをヨコにしたから、世の中がおかしくなったのである。

儒教思想の中で、特に私が注目したいのは〔親子〕〔師弟〕〔上司と部下〕の倫理である。論語は礼節を説いているが、上に立つ者のあるべき姿も、きちんと説いている。

私が年輩者だからいうのではないが、〔長幼の序〕についても、ふれておきたい。先に生まれた人を、尊敬し優先すれば、順送りで自分も大事にされ、世代交替がうまくいく。これが混乱すると、若い者もいつかは、しっぺ返しを食う。文明の急速な進歩で、更に世代間の隔差が、広まると予測されるので、このルールは確立しておきたい。

夫婦間でも、男女の地位をいう前に〔長幼の序〕を取り入れたらどうか。むろん妻が年長の場合は、妻が上座に坐ればよいのだ。

第2時限目　生命倫理

クローン人間

妖怪の軍団に襲われた孫悟空が、パッパッと抜いた体毛に、息を吹きかけ、空中に飛ばすと、あらあら不思議、一本一本が孫悟空の複製と化し、集団となって妖怪に逆襲する。あれは映画だったか、漫画だったか、ともかくこども心を、わくわくさせる場面であった。つまり孫悟空は、大量のクローン猿を作って、戦力にしたのだ。この荒唐無稽なフィクションが、現代科学の驚くべき進歩によって、現実と化しつつある。クローン羊からクローン牛へ、そしてついにクローン人間へと。

さすがに世界の良識は、神の領域を侵《おか》すことをためらい、クローン人間の製造を禁止した。ただしアメリカと、東南アジアの一部など、まだ規制が十分でないので、クローン人間誕生の可能性がある。いや、すでに誕生しているかも知れない。

NHKのドキュメンタリー番組を見ていたら、クローン人間に取り組んでいるのは、ある新興宗教の研究施設と、巨大ビジネス化をもくろむ民間会社であった。研究者に細胞を提供しているらしい中年女性が、画面に登場してこう語った。自分は腎臓病に苦しみ、父親と母親から、ひとつずつ腎臓を移植して貰った。しかしいずれも、はかばかしく機能していない。生き延びるには、自分のクローンを作り、その腎臓を貰うしかないと。

正直いって寒気がした。この中年女性が、死にたくない気持ちは、百パーセント

■クローン

同一の起源を持ち、なおかつ均一な遺伝情報を持つ核酸（ＤＮＡ）、細胞、個体の集団。元来はギリシア語で小枝の集まりを意味する言葉。植物の挿し木も一種のクローンである。人間の場合、自分のクローンといっても、妊娠・出産を経るため、現実の自分とは年齢差が生まれるし、また、血管や指紋などは後天的な影響で変化する。

理解できる。人は誰だって死にたくないのだ。理屈もよく分かる。孫悟空のように、自分の細胞を使って、同じ遺伝子の複製人間を作り出し、その腎臓を移植すれば、拒絶反応もなく、ぴったりと納まるに違いない。しかしクローンといえども、この世に生を享《う》ければ、人間とまったく変わらない機能を持ち、感情を持っているはずだ。そのクローンの意思は無視してよいのか。君は腎臓提供のために作られたクローンだと、誰がいいふくめるのか。提供を拒否されたらどうするのか。

商売柄、凄絶なドラマが、脳裏を駆けめぐる。

「親でさえ腎臓をくれたのだから、クローンのあなたが、腎臓を提供するのは、当然じゃないかしら」

「それはあまりにも、一方的な考えです。大事な腎臓を、あなたに渡すつもりはありません」

「だってあなたの誕生は、私の意思によるものよ。したがって主権は、私にあるのです」

「私は認めません」

「つべこべいわずに、さっさと腎臓を渡しなさい」

「何と強欲な人でしょう。あなたは自分自身の腎臓を二つ、両親の腎臓を二つ、その上に私の腎臓まで、ひとり占めにするつもりですか?」

「お黙《だま》り! クローンのくせに!」

「クローンにも人権があります」

「ありません!」

ある人間をAとし、そのクローンをaとすれば、Aとaの関係は、親子でもなければ、兄弟でもない。だからといって他人でもない。もちろん同一人物ではないが、考えようによってはそれに近い。いってみれば分身である。果たして分身には、人権があるのか。世界がaも人間と認定し、人権も戸籍も与えれば、くだんの中年女性は、腎臓の請求を、断念するかも知れないし、簡単には許可も下りないだろう。

ここで問題になるのは、学問的理由、あるいは宗教的理由から、もっとも忌むべきはビジネス上の理由から、Aとaを差別し、Aだけが人間だと、認定した場合である。人権のないaは、臓器を取り出すための家畜として、飼育されるかも知れない。孫悟空の体毛と同じように、戦力あるいは労働力として、酷使されるかも知れない。いや、aが大量にふえれば、人間と同じ能力があるのだから、ある日突然、革命が起きて、立場が逆転するかも知れない。

あるいはA族がa族を愛し、通常の生殖行為によって、こどもを作ったら、その子はA族なのかa族なのか、それともα族なのか。ここまで書いて、私は自分の勘違いに気づいた。くだんの中年女性が求めているのは、クローン人間ではなく、生命を持たないクローン腎臓かも知れない。するとバイオテクノロジーは、生命も意思も持たない腎臓や肝臓を、人間の部品として、生み出せるのだろうか。

人工内臓ではなく、正真正銘の細胞を持ったクローン内臓が、大量に生産されれば、例によって○兆円規模の市場が、脚光を浴びることになるだろう。科学者と業者が結託して、内臓部品の優劣や、鮮度や、デザインを競い、消費者はショウケースに並ぶそれらを、品定めしたり、試着したりして、財布と相談しながら、レンタルするか、ローンで購入するか、悩む時代がくるのではないか。

国益を重んじた昔は、科学者の好奇心や研究成果を、軍事力に応用すべく、狂奔したものだが、今の世の中は、目ざとい企業が、すべてをビジネスに結びつける。軍事化が商業化に移行しただけで、そこには倫理もへったくれもない。

これもテレビで知ったのだが、バイオテクノロジーは、遺伝子操作による人間改造も、視野に入れているようだ。ナシやリンゴやコメのように、優秀な遺伝子を組み合わせて、品質改良を重ね、高級な人間を作るということだ。画面では白人の学者が、淡々と語った。

「人類は将来、改良人間と普通人間に、二極化されるでしょう。二種類の人間は、生活様式も、思考能力も異なりますから、交流することもないと考えられます」

おやおや、とんでもないことになりそうだ。人間改良を、進化と考えるか、破滅と考えるかは、それぞれの自由だが、すでにインターネットの普及によって、生活様式が二分化されつつある現実を見ると、単なる未来論とはいいきれない。


前世紀の終末が近い某日、何人かの旧人類が、雑談するうちに、もっとも人類が幸せだったのは、どの時代かという話題が出た。

文明の進歩が、便利で豊かな世界を、人類にもたらしたことは、まぎれもない事実である。しかし核兵器や大気汚染が象徴するように、必要以上の進歩が、不安をもたらしたことも、ゆるぎない事実である。では〔文明の損益分岐点〕は、いったいどこにあったのか。

さすがに専制君主がいて、武力で領土を奪い合った時代までは、遡《さかのぼ》りたくない。といってインターネットや、携帯電話や、バイオテクノロジーは、人間に必要不可

■三種の神器
1950年代後半（昭和30年代）、神武景気などにより日本経済が立ち直っていった時期、多くの人々のあこがれの的だった高価な商品。現代では、デジタルカメラ・DVDレコーダー・薄型テレビが「デジタル三種の神器」と呼ばれている。


欠か。

「家庭電化の三種の神器（洗濯機、テレビ、冷蔵庫）が、広まったころじゃないですかね。あのころは人間関係も、まだ潤っていましたよ」

タバコに火をつけながら、そういったのは、浅草のオモチャ製造会社の社長さんだった。なるほどと一同が、感慨深く頷いた。私もこの意見には同意している。

第３時限目　外交史

ＮＧＯの元祖

司馬遼太郎氏は、大著『菜の花の沖』の主人公高田屋嘉兵衛を、江戸時代を通じて、もっとも偉かった日本人と評している。

どこが偉かったかというと、ロシア国相手に、たったひとりで、民間外交をやってのけたからだ。私にいわせれば、高田屋嘉兵衛は〔ＮＧＯの元祖〕である。

淡路島で生まれた嘉兵衛は、一介の船乗りから、人望と体力だけを元手に、北前船を一五艘も持つ豪商となり、西日本からは菜種油を、北日本からは乾《ほ》し鰯《いわし》を輸送して、莫大な利益を上げた。

当時の幕府は、蝦夷地（北海道）支配の直属代官所を、松前に置いていたが、嘉兵衛は天然の良港箱館（函館）に目をつけ、交易の根拠地とした。その後の発展状況を思えば、さすがに慧眼といえよう。

幕府御用の北方交易も請け負っていた嘉兵衛は、国後《クナシリ》沖を航行中、ロシアの軍艦ディアナ号に、観世丸ごと、突然拿捕《だほ》される。

若い艦長のリコルド少佐は、嘉兵衛を人質として、カムチャツカに連行すると告げた。覚悟を決めた嘉兵衛は、数人の手下とともに、ディアナ号に乗り移るが、同時に一年分の米、味噌、醤油を、しっかり積み込ませた。このとき四三歳。

カムチャツカに向かって、ほぼ一ケ月の航海中、リコルド少佐は嘉兵衛を、客人

■NGO（non-governmental organization）
非政府組織。赤十字社連盟やYMCA（キリスト教青年会）などのように、国家を単位としない非政府間国際団体をさして用いられる。したがって、政府が任命したものを含んだNGOにしても、表現の自由が妨げられないことを条件とする。

として遇した。嘉兵衛のすぐれた見識と、潔い態度に、畏敬の念を覚えたのだ。

そのころ日本とロシアの間には、クリル諸島（千島列島）の帰属をめぐって、いざこざがあった。原住民のアイヌには、国家という概念がなかったので、ロシア側は宗教によって手なずけ、日本側はチョンマゲを結《ゆ》わせて、それぞれ自国の領民であると、主張したりした。

ロシアの海賊が、蝦夷地を荒らし回ることに、業《ごう》を煮やした幕府は、たまたま国後に上陸していたディアナ号の艦長ゴローニン少佐以下八人を、いきなり逮捕して、松前の牢獄にぶち込んだ。

ゴローニンの腹心であったリコルド少佐は、艦長代理として、ゴローニン救出に執念を燃やし、交換人質として、嘉兵衛を拉致したのだ。

リコルドの説明を聞いて、嘉兵衛は暗然となった。ゴローニンはロシア海軍の大立者であり、嘉兵衛は身分の低い商人である。幕府が交換に応じるはずがない。

カムチャツカの軍港ペトロパブロフスクに着いた嘉兵衛一行は、リコルドの配慮で、出入り自由の宿舎を与えられた。厳寒の冬は、港を氷で閉ざし、船は一歩も動けない。慣れない食い物は、ノドを通らない。

ここで嘉兵衛が見たのは、善良で親切なロシア人たちであった。なぜ国が違うだけで、日本人とロシア人は、こうもいがみ合うのか。素朴な疑問から、嘉兵衛のNGO活動は始まった。

嘉兵衛は住民たちと、積極的に交流した。ロシア流にパーティーを開き、得意の浄瑠璃や三味線も披露した。日本人は決して野蛮人ではないことを、熱心に訴えたのである。

「みな人ぞ」

国が違おうと人種が違おうと、人間である以上、誰にでも通用する感情がある。必ず接点がある。これが嘉兵衛の信念であった。嘉兵衛はリコルドと、ゴローニン問題の解決を協議する。嘉兵衛の主張は、海賊の暴虐について、まずロシア政府が、詫《わ》び状を書くこと、その詫び状を持って、嘉兵衛とリコルドが国後へ戻り、幕府と交渉することであった。リコルドは釈明書なら応じると答えた。

「海賊行為について、ロシア政府は関知せず」

モスクワまでは、片道三ケ月もかかるので、イルクーツクの地方長官と、交渉することで合意した。

リコルドは片道一ケ月のイルクーツクまで行き、釈明書を取ってくるが、そのとき運悪く、ナポレオンの大軍が、ロシアに攻め入り、ディアナ号を率いて、参戦せざるを得なくなった。嘉兵衛はまた一年を、空しくカムチャツカで、過ごすハメになった。手下の何人かは、脚気《かっけ》で死んでいった。

ようやく二年後、ディアナ号で国後へ戻った嘉兵衛は、泊村の陣屋の役人に、身柄を拘束されてしまう。無断で出国し、国禁を犯した罪である。一方、艦上で嘉兵衛を待つリコルドは、裏切られたかと激怒し、砲撃を開始しようとする。

間一髪、松前奉行所の役人高橋三平に助けられた嘉兵衛は、ディアナ号に戻り、日本側の意向を伝える。

「釈明書の書式に不備がある。ゴローニンの部下であるリコルドは、使者として認められない」

嘉兵衛はリコルドを説得し、これは国と国との問題だから、もういちどイルクーツクへ行って、釈明書を取り直してこいと頼む。交渉がうまくいけば、オランダに対する長崎のように、ロシアに向けて箱館の開港もあり得るとも励ました。

リコルドは再びイルクーツクへ向かい、カムチャツカの地方長官に任命されて、箱館へ戻ってくる。嘉兵衛との信頼関係がなければ、リコルドはとっくに、交渉を投げ出していただろう。

箱館での本交渉で、ロシアとの交易は見送られたが、釈明書は受諾され、ゴローニンは無事に引き渡された。注目すべきはこのとき、国境の制定案が、日本側から出されていることだ。

「クリル諸島のうち、ハボマイ、シコタン、クナシリ、エトロフを日本領土とし、ウルップ島は緩衝地帯の無人島として、それ以北をロシア領土とする」

功労者の嘉兵衛は、本交渉への出席を許されなかった。役人ではないからである。このあたりは、最近のNGO排除問題と、似ているではないか。その後、幕府は蝦夷地の支配を、松前藩にゆだねたため、ロシアとの交易も、国境問題も、うやむやになってしまった。

嘉兵衛の民間外交と、国境を越えた友情は、ゴローニンの〈俘虜記〉と、リコルドの著書によって、詳述されているが、日本では幕府の体面に関わるせいか、ほとんど知られていなかった。

「ひとりとひとりなら、仲ようなれるのに、国が邪魔しよる。役人は体面ばっかり、気にしよるんじゃ」

これが嘉兵衛の偽らざる心境であっただろう。

NGO(非政府組織)は、何よりも体面を重んじて、難航する国家間交渉を、民間レベルで円滑化するために、あるいは国家の保護を受けられない人々を、援助するために、世界各国で誕生した。

国家がＮＧＯと、緊密なパートナーシップをとり、その活躍を助長するのは、国益のためにも、至極当然なのである。

嘉兵衛は民間人だからこそ、血の通った交渉ができたのだ。商人だからこそ、本音の駆け引きが、できたのである。

「みな人ぞ」

嘉兵衛の信念は、まさしくＮＧＯの精神を、先取りしていた。

第4時限目　自　習

女性問題の傾向と対策

女性問題のない男性はいない。まったくないとうそぶく人は、それが女性問題なのである。すべての人間は、セックスによって誕生し、セックスをするように成長する。この世に女性が存在するかぎり、いやでも男性は、女性問題を抱え込まざるを得ない。

厳密にいえば、ホモセクシュアルや、インポテンツも含めて、妻との不和、母親との確執、職場の女性とのいざこざなども、広義的には女性問題である。

だがそれでは、話がややこしくなるので、ここではごく一般的な、浮気、不倫、セクハラ、買春など、いわば世間をはばかる行為のみを、女性問題と定義づけておこう。

男性のあなたは、こうした世間をはばかる行為に、走ったことはないか。正直いって私はありません。一度もないという人は、大嘘つきか、どうしようもない臆病者である。

たとえ行為には走らなくても、みだらな妄想や、願望にかられたことは、必ずあるはずだ。未遂か実行かの違いだけで、いずれも女性問題であることは、明々白々である。

男女のからだの違いには、こどものころから興味を持つ。思春期になると異性を意識し、憧れたり、からかったり、涙を流したりする。

高校時代の私は、恋愛小説を読んでポーッとなり、映画のラブシーンを見て胸を熱くし、登下校の途中も授業中も、あらぬ思いで、頭がいっぱいになったものだ。

男性が女性に恋し、抱きしめたいと思い、わがものにしたいと焦るのは、自然の摂理である。合意の上で結婚し、セックスをして、家族をふやすのは、社会の常識である。しかし往々にして、自然の摂理と社会の常識とは、必ずしも軌を一にしない。妻や恋人がありながら、他の女性に恋心を抱き、情熱にかられてセックスをしてしまう。他人の妻と、のっぴきならない恋に陥《お》ちる。何かのはずみで、美人秘書と深い仲になる。海外旅行の解放感から、つい売春婦と寝る。

よくある話というより、男性の大半は、身に覚えがあるはずだ。けしからんと眉をしかめる前に、わが身を振り返るべきではないか。

ためしに、世界文学全集を読んでみなさい。テーマはほとんど、不倫であり、

許されざる恋である。

おっと、そんな目で私を見ないように。私は決して、自己弁護をしているのではない。女性問題をマスコミに暴露され、名誉を失墜し、地位や職まで失う公人、つまり政府の要人や国家公務員を、人間の名において、擁護したいのである。

高度情報化社会には、恐ろしい罠《わな》がある。誰かが誰かを陥れ、社会的に抹殺しようと思えば、ターゲットが、著名人であればあるほど、いとも簡単に実行できる。まずターゲットの身辺に目を光らせ、金銭問題もしくは女性問題を、ひそかに探り当てる。それをイエロー・ジャーナリズムに持ち込んで、記事にさせる。たちまちテレビのワイドショーが、裏づけ調査もせずに、センセーショナルに報道し、軽薄なコメンテイターが、まことしやかに苦言を呈する。

ターゲットが、慌《あわ》てふためいて反論しても、世論というものは、話が面白いほうへ傾くから、たいがいは手遅れになる。ありとあらゆるマスコミが、それっとばかりに、プライバシーを暴露し、アラ探しをして、クロへクロへと誘導していく。公人ならば、市中引き回しの刑同然となり、無念のほぞを噛みながら、辞任に追い込まれる。

私が違和感を覚えるのは、マスコミが金銭問題と女性問題を、同列に論じること

■イエロー・ジャーナリズム
扇情的で派手な記事を書き立てるジャーナリズムのこと。1890年代のニューヨークで、ピュリッツァーの『ワールド』紙とハーストの『ジャーナル』紙が報道合戦を演じ、漫画『イエロー・キッド』を奪い合い、部数競争を行ったことから、この種の新聞は「イエロー・ペーパー」とよばれるようになった。

である。同列には論じなくても、結果的には、読者や視聴者が、一緒くたにしてしまう。報道の量や形態が、そうさせるのだ。

むろん政治家や官僚にとって、金銭にまつわる不正は、汚職につながる。マスコミは刑事事件として、どこまでも真実を追求し、もし罪があれば、徹底的に糾弾すべきだ。

いわゆる女性問題は、よほど特殊な場合を除いて、人間の本能に基づくプライベートな事柄に過ぎない。もしそれが、世間をはばかる行為であっても、多くは民事事件として扱われる。いかにこじれても、当事者同士の問題であって、国民を裏切ったわけではない。大臣といえども、高級官僚といえども、人間であることに、変わりはあるまい。魅力的な女性に魂を奪われても、世間をはばかる恋に陥っても、何ら不思議はない。

やむにやまれぬ愛とか、燃えたぎる情熱とかは、たとえ前途が悲観的でも、あるいは絶望的でも、後へは引けない場合がある。惚れてしまえば、仕方がないではないか。倫理や道徳や結婚制度で、男女の関係は律しきれないのだ。

そのことに幻滅したり、嫌悪感を抱いたりするのは、個人の自由である。いやならば選挙で、投票しなければいい。しかし、女性問題で人格をうんぬんし、あたら有為の人材を辞任させるのは、きわめて偽善的であり、国家の損失ではあるまいか。あえて私はいう。女性問題のひとつもない政治家は、仮面をかぶっているようで、逆に信用できない。恋のせつなさや、人情の機微を理解せずして、何の政治か。

クリントン大統領が、女性問題を暴露され、危機に陥ったとき、フランスの女性閣僚は、いみじくもこういった。

「プライバシーに属する出来事であり、わが国ならば、何の問題にもならない」

かつてフランスの女性首相は、大統領の愛人であった。某国には同性愛者の首相もいた。有能な政治家であれば、個人的には色好みであろうと、サドマゾの趣味があろうと、一切関係ないと考えるのが、先進文化国家の常識である。

「へその下に人格はない」

昔は日本にも、そう喝破した先人がいた。〈英雄色を好む〉という箴言《しんげん》もあった。念のために書いておくが〈女好き〉と〈女癖が悪い〉とは区別しなければならない。〈女癖が悪い〉のは、女を騙《だま》して、食い物にする悪党のことだ。

ピューリタンの末裔であるWASPが、幅をきかすアメリカ社会は、ひとりよがりの正義感を、やたらに振り回す。アメリカに骨を抜かれた日本人は、これにハイハイと〈右へならえ〉する。

●ＷＡＳＰ　(White Anglo-Saxon Protestant)
アングロ - サクソン系白人で、かつプロテスタントであること。アメリカ社会の主流を構成する典型とされた。

三本指を出して芸者をくどき、首相を棒に振った人も、離婚して愛人と結婚したため、国会議員の地位を失った人も、元キャスターと親密な関係になって、党首を辞任した人も、私には気の毒に思えてならない。

浮気や不倫やセクハラや買春で、職を追われるならば、豊臣秀吉も、徳川家康も、坂本竜馬も、伊藤博文も、田中角栄も、その地位に留まることは、できなかっただろう。歴史に名を残す名君宰相英雄豪傑は、ほとんど全滅するだろう。

ただしである。汚職のからむ女性問題は、女性問題ではなく、すでに刑事問題である。そこはきちんと、区別しなければならない。

コラムでランチ

卵かけごはん

草木も眠る丑《うし》三つどき、ささくれだった神経、タバコの煙が充満する脳天、飢えきって牙《きば》をむきだしている胃の腑。原稿用紙にドラマを書きつける私の中に、またも誘惑の炎が拡がっていく。今こそ秘密の儀式にとりかかる絶好のタイミングだ。悪魔のささやきが私を椅子から立たせる。

足音をしのばせて、壁づたいに暗い廊下を歩く。絶対に家人を起こしてはならない。私がこれからしようとしていることが露見すれば、ただごとではすまない。冷酷な言葉が浴びせられ、ひそかな快楽は瞬時にして空中分解の憂き目をみるだろう。

キッチンの電灯をつけ、炊飯器のフタをおそるおそる開ける。何という幸せだろう。あたたかいごはんがたっぷり残っている。舌なめずりしながら大きめの茶碗を見つくろい、プラスチックのしゃもじで有り難くごはんを掬《すく》いとる。分量は茶碗に半分より少し多く。

気もそぞろに冷蔵庫を開けると、新鮮な生卵が女学生のように整列している。可愛い奴め。これを一個取り出して、茶碗のふちにおごそかに叩きつける。白身と黄身が羞恥心からぬらりと開放され、どうにでもしてくれとごはんの上に身を投げる。待ってましたと二本の箸《はし》でかきまぜると、卵がかすかに泡立ちながら、つややかなごはん粒を踊らせる。

私の信条――調味料は醤油がとどめ。ソースやドレッシングなどは幕下以下、いや三段目以下。特に卵かけごはんは、ごはんと卵と醤油が三位一体となってこそ、涙ぐましい栄冠をかち得るのだ。

さて私ははやる気持ちを抑えながら、食堂の椅子に腰を下ろす。無念無想の境地で卵かけごはんをたしなむ。おお、なんたる快楽！　なんたる幸福！　歯も舌もノドも我を忘れて法悦のハーモニイを奏《かな》で、胃袋は恍惚感にのたうつ。これまさに醍醐味、興奮のるつぼ。

もの書きには食道楽が多い。文章をひねくりだす作業と味覚とは、相関関係にあるらしい。だから夜中に腹が減る。肥満の最大の敵は深夜の食事と、そんなことは百も承知しているが、食べずにはいられない。肥満がどうした、体重計が怖くて脚本が書けるか。

そして私が自分で作れる料理といったら、たったひとつ、それは卵かけごはん。あるときテレビの料理番組に出演を頼まれ、卵かけごはんでいいかといったら、それっきり電話はこなかった。私は卵かけごはんのあとで、しみじみとブランデーを飲む。ブランデーでなければならないほど、深夜の卵かけごはんは由緒正しい食べ物である。

去る日、私は人間ドックに入った。血糖値を調べるために坂口食なるものを食べさせられた。坂口食すなわち卵かけごはんである。このときは実にまずかった。こうした扱いは神聖なる卵かけごはんを冒瀆《ぼうとく》するものだ。食べ物にはＴＰＯがあることを、関係者は思い知るべきだ。この際、医学の不遜に対して、強い警告を発しておく。

第5時限目　特別講演会

高校生とセックス

講演依頼を丁重に断るのは、政治家個人の名前が、表に出ているケースと、地方自治体の主催する成人式である。前者はだいたい選挙がからむし、後者は何を話してもムダに決まっているからだ。

成人した若者たちは、晴れ着を着て浮き浮きと集まり、ロビーといわず場内といわず、同窓会を開いて、ペチャクチャしゃべりまくる。講師の話なんぞ、聞こうともしない。

どうせお祭り気分なのだから、堅苦しい講演などやめて、ロックバンドの演奏会か、ダンスパーティーにしたほうが、よっぽど気がきいている。行政側は体面にこだわらず、思い切って、若者主体の成人式に、切り換えたらどうか。

高校生対象の講演も、実は気が進まないが、これは辞退しないことにしている。歴史の中継ランナーとして、教育の現場に立ち合い、よりよいバトンを渡す義務感と使命感に、駆られるからだ。

しかし今の高校生は、恐ろしく集中力に欠ける。マナーを心得ていない。いくら熱弁を振るっても、カエルの面《つら》にションベンである。

ある年の秋――。

私は富山県下の某町某会館で講演をした。主催は県立A高校の同窓会で、聴衆は同窓会の百人余と、在校生男女約四百人である。

私は七十分の講演時間を、三つに分けて、知識より知恵がだいじなこと、劣等感は誰にでもあること、トラブルから逃げては主役になれないことを、真摯《しんし》に語り、これからの若者は、物をつくる職業を選ぶべきだと締めくくった。ちなみにA高校には、農業科、水産科、家政科があって、職業教育に重点を置いている。

生徒席では、足を広げてポカンと口を開いている者、最初から最後まで眠っている者、間断なく私語を交わす者が多かった。まじめに聞いているのはごく少数で、これはどこの高校でも同じである。笑ったり頷《うなず》いたりして、まともに反応を示したのは、同窓会員と教員だけである。

ときどき怒鳴《どな》りつけたくなる気持ちを我慢して、やっと講演が終わると、学校側の要望により、生徒の質問を受けることになった。これは珍しいことだ。講演をろくすっぽ聞いていないのに、どんな質問が出るのだろうと、私は逆に興味を持った。

司会者に促されて、後ろの隅の男子生徒が、まず手を挙げた。

「三木さんは再婚したそうですが、相手はどんな女性ですか?」

場内がどっと揺れ、急に雰囲気が盛り上がった。不意をつかれた私だが、ここでごまかしては、教育上よくないと考え、誠実に答えた。

「新潟市出身の美人で、もとは国際線のスチュワーデスです」

生徒たちは手を叩いたり、口笛を鳴らしたり、大騒ぎである。これはまずいと思ったのか、次は男子教員が手を挙げ、大河ドラマについての質問をした。つづいていくつか、ありきたりの質問があり、最後に別の男子生徒が手を挙げた。

「三木さんは、うぷッ、週に何回ぐらい、うぷッ」

自分で噴き出して、言葉にならない。周りの生徒も、ゲラゲラ笑っている。質問の意図を察して、私は耳を疑った。これが今どきの高校生なのか。さすがに同窓会の先輩たちはキッとなって、その生徒を睨《にら》みつけた。ゲスト講師に向かって、何たる無礼か。昔なら即座に退学処分だろう。見れば悪ガキでも何でもない、ごく普通の生徒のようだ。むしろ人気者かも知れない。

いかん。ここでうろたえては沽券《こけん》に関わる。私は平然と答えた。

「がんばっています」

場内はどっと沸いた。このまま退場するのは癪《しゃく》だ。いたずらに質問した生徒に、名をなさしめるだけだ。高校生になめられてたまるか。

「では、いい機会だから、とっておきの話をします。高校生はなぜ、セックスをしてはいけないのか」

ウォーと歓声が上がった。にわかに生徒たちの目が輝いた。

「人は誰でも、セックスによって生命を授かり、この世に誕生します。そして誰でも、セックスをするように成長します。これはほかの動物も同じです。それなのに、なぜ高校生は、セックスを許されないのか」

高校生たちは、だんだん静かになった。眠っていたやつも、びっくりしたように、こっちを見ている。

「セックスは実にいいものです。あれほど気持ちのいいものはありません。だけどセックスをすれば、こどもができますね。こどもができたらいい環境で、育てなければなりませんね。高校生が親になると、育てる家もないし、収入もない。たぶん学校をやめて、働かなくちゃなりません。それじゃ、避妊をすればいいじゃないかと、諸君は思うでしょう。いやいや、そうはいかないんだ」

高校生たちは、少しずつ乗り出してきた。へらへら笑ってるやつもいるが、いちおう耳を傾けている。

「セックスには相手が必要です。いい相手と、いいセックスをしたければ、まず自分を高めておかなければなりません。相手にも選ぶ権利がありますからね。ところが高校時代にセックスを覚えると、あんまり気持ちがいいものだから、そればっかり夢中になって、勉強にもスポーツにも、身が入らなくなる。つまり人間としての成長が、そこで止まってしまいます。人間が精神的にも、肉体的にも、大幅に成長するのは、まさに高校時代なんです。そこでセックスに溺《おぼ》れて、だらだらと流されるのは、実にもったいないじゃないか。そうでしょう？」

ハラハラしていた教員や、同窓会のおとなたちも頷き始めた。

「君たちは将来、恐らくは結婚することになります。結婚したからといって、年がら年中、セックスをするわけじゃない。人間関係のほとんどは、会話で成り立っています。セックスだって、会話が必要です。会話が通じなければ、そしてその会話が楽しくなければ、幸せな関係は長続きしません。少しでも高いレベルの相手と、充実した会話をするには、自分がそのレベルに、達していなければならないのです。だから高校時代は、しっかり勉強して、うんと視野を広げておいて、好ましい相手にめぐり逢える日を、待ったほうがいいんじゃないか。そのほうが生まれることもにも、尊敬されるしね。感謝されるしね」

とっさの話にしては、我ながら出来がよいと思った。犬や猫なら、生後数カ月で

■高校生の性体験

2005年の全国高等学校PTA連合会の約1万人を対象にした調査では、セックスの経験率は一年生では男子12%、女子15%、二年生では男子20%、女子29%、三年生では男子30%、女子39%。また、初体験後「経験してよかった」と思ったのは男子が55～58%、女子は41～45%、「後悔した」は男子は8～11%、女子は9～13%だった。

セックスをするが、人間はそうはいかない。高級な動物ほどセックスは遅いのだと、つけ加えたらなおよかったが、それは後で考えたことである。

おかっぱ頭の可愛い女子生徒が、壇上に登って、大きな花束を贈ってくれた。高校生たちは、温かくて長い長い拍手をしてくれた。

「いやー、きちんと性教育を、しなければならないと、思ってはいたんですが、こういうストレートなお話が、かえって心に響くんですね」

校長先生は、にこにこしながら、首筋をペタンと叩いた。久々に爽快な気分であった。よし、高校生相手の講演は、次もこれでいくぞ。

第6時限目　就職相談

百年の羊

「せっせと働いて、二十万そこそこですからね。こどもの多いやつは、アルバイトしなきゃ、やっていけません。いつまでつづくんですか、この不景気は――」

タクシーの運転手がこぼす。私はやんわりと答える。

「それはタクシーが、多過ぎるんですよ。バブルのころにふやした台数を、半分にすれば、運転手の収入は倍増するでしょう」

「ところがバブルのころより、ふえてるんですよ。事業に失敗したり、会社が潰《つぶ》れたりして、食うに困った連中には、タクシーがいちばん、手っとり早いですからね」

いま声高に不景気を嘆くのは、バブル全盛期に、あぶく銭を稼いだ大企業と、そのおこぼれで潤った中小企業が、ほとんどである。未曾有の景気で、会社の交際費がふんだんに使えたころ、タクシー業界はわが世の春であった。運転手も横柄になり、乗車拒否もはばからなかった。今は空車が目立ち、長距離を飛ばす客も激減した。

抜本的な対策は、料金を値下げするよりも、業者を減らし、タクシーの台数を減らすことだと思うが、どっこいそうはいかないらしい。みんな息をひそめて、夢よもう一度と思っている。よその会社が、手を引くのを待っている。

閑古鳥の鳴く銀座のバーだってそうだ。店の数を半分にすれば、充分やっていけるのに、自分の店をやめようとは思わない。ほかが潰れるのを待っている。

むろん気持ちはよく分かる。投入した資金を、回収しなければならないし、年月をかけて体得したノウハウを、無駄にしたくはないだろう。私だって若い脚本家が、やたらにふえるのは、面白くないのだから。

不景気とはいったい何なのか。失政や災害や経済構造にも、原因はあるだろうが、平たくいえば、同一業種に人が集中し過ぎて、富の分配率が低くなること。すなわち過当競争が大半ではないのか。

ある事業が儲かると分かれば、カネの匂いをかぎつけて、目ざとい連中が、どっと参入する。資金も人材もつぎ込んで、やれパチンコ屋だ、カラオケ屋だと、骨まで食いつくそうとする。ひところは、全国七十万カ所の事業所のうち、建設関係が五十万以上を占めるに至った。

これがやがて、過当競争で頭打ちとなり、建設会社は次々に倒産し、さしものパチンコ店も、カラオケ店も、かげりがさしている。

今はインターネット関連株が、急騰しているが、やがて次々に大企業が参入し、過当競争になるのは、目に見えている。

過当競争ではないが、業種そのものが文明に蹂躙《じゅうりん》されて、露と消える場合もある。たとえば裏町のギター流しは、カラオケ全盛の煽《あお》りを食って消滅した。バンドマンも四苦八苦である。こういう人々に、公的資金は投入されないし、何の生活保障もない。私だって、コンピューターが脚本を書くようになれば、一発で失業する。

企業が不景気を乗り切るには、三つの道がある。第一は競争力を強めて、同業者を蹴落とすこと。第二は過剰人員を整理して、事業を縮小すること。そして第三の道は、手に手をとって同業組織を強化し、政治家に陳情すること。

今、いちばん目立つのは、第三の道である。後援会に入って、集票や献金をちらつかせれば、政治家は助けてくれる。建設業には公共事業が回され、銀行には公的資金が投入される。そして飲食業は官官接待を復活させよと嘆願する。

多くの政治家が、国民の声というのは、こうした後援会の声である。

「政治の最重要課題は、景気の回復である」

こういって後援会の便宜をはからえば、選挙を有利に戦える。相互の補完関係が成立する。かくして日本の政治権力は、特定企業、特定業者のためにのみ利用される。ところが政治家の世界も、過当競争だし、今は不景気だから、よほどの実力者でなければ、利益誘導もままならない。政治家はカネで動くと信じている業者には、やいのやいのと突き上げられる。

仕方がないから、政治家は新規事業の開拓を説き、ベンチャービジネスを奨励す

■ベンチャービジネス

新技術や高度な知識を軸に、大企業では実施しにくい創造的・革新的な経営を展開する中小企業を指す。2000年以降、経済構造の変化、情報技術の進展、規制緩和などを背景として創業が活発化しつつある。大学が、中小企業との連携に、かつてないほどに積極的になっており、全国的に起業支援の施設が増加しつつある。

る。間接的には転業の勧めである。需要と供給の関係を、平らかにせよというのだから、これは間違っていない。そこでまた業者は政治家にぶらさがる。政治の保護の下に、新規事業を始めようとする。

要するに日本の政治を、腐敗させているのは、政治家の後援会を中心とした利権業者である。ごく少数の政治家を除けば、国政よりも、自分の選挙が大事であり、国民よりも、自分の後援会が大事なのだ。そういう政治家を育てて、食いものにするのは、国を滅ぼすもとである。

私は政界も人員過剰だと思う。国民に転職を勧め、ベンチャービジネスを奨励するなら、議員の数も半分に減らし、鮮やかな転職のお手本を示して欲しい。

政治家の質を高め、国家経済を救うためには、どうしたらよいのか。あえていうなら、企業も個人も、転業、転職を恐れず、新しい道を開拓するしかあるまい。誰もがぬくぬくと、既得権益にあぐらをかいている時代ではないのだ。経済の自由化とは、国家間のみの問題ではなく、個人の問題でもある。日本人にはその認識が薄く、外国人のようにどんどん転職するのは、落伍者と見られがちだが、私たちの属する自由主義社会は、弱肉強食なのである。

転業は確かに気が重い。熟練の先輩たちが、しっかり守っているドアを、無理やりこじ開けて入っていくのだから、摩擦は当然だし、へたをするとはじき飛ばされる。

かくいう私は、何度も転業を経験している。高校の演劇部で活躍していて、名優の素質があると信じ〔俳優座養成所〕に入ったが、半年で挫折した。次はテイチクレコードの新人コンクールに合格して、十三年間歌手をやったが、鳴かず飛ばずで、後半は横浜のナイトクラブの専属歌手で終わった。シナリオコンクールに入選して、脚本家に転じたのは、三十三歳のときである。これも十年くらいは下積みで、ずいぶん悔しい思いをした。転業する者に、不安と恐怖はつきものである。女房こどもを食わせていけるのかと、いたたまれない気持ちになる。

「脚本家がひとり世に出ることは、同業の先輩を、ひとり刺し殺すことだと思え」

尊敬する先輩に、そういわれたことを、今でも忘れない。だから決闘するつもりで修行を重ねた。しかし転業は、自分の隠れた才能を発見する場でもある。生涯ひとつの仕事をつづけるのもいいが、もしも他の分野で、もっと成功する資質があるとしたら、実にもったいない話ではないか。

〔百年羊でいるよりも、三日でいいから獅子になれ〕

人生は短い。成功するも人生、失敗するもまた人生である。

第七日目　土曜日〔卒業式〕

塾長の「贈る言葉」	学問のケジメ
唱歌斉唱	仰げば尊し
記念品贈呈	おみやげ話三題
卒業生の喜びの声	ファンレター

塾長の「贈る言葉」

学問のケジメ

私たちは何百年もの間、つねに学問を〈善〉と考えてきた。勉強さえしていれば、親に褒《ほ》められたのである。そして学問によって文明は進歩した。精神文明はそれほどでもないが、物質文明、機械文明は驚異的進歩を遂げた。産業革命以後、電気はつくわ、自動車は走るわ、飛行機が飛んで、新幹線が走って、テレビや巨大コンピューターが世界を結んだ。現代人は実に便利で豊かな生活を享受している。

ところが文明の進歩は止まるところを知らず、どんどん加速がつき、恐ろしいスピードで、人間を追い越しつつある。文明の行きつく先に、何が見えてきたかというと、核兵器であり、大気汚染であり、地球の温暖化であり、ダイオキシンであり、サリンである。もっと恐ろしいのは、人間の心の荒廃である。

無分別な学問は〈悪〉である。人間そのものを破壊する。こんなことなら人類は勉強しないほうがよかった。そのほうが人類の歴史は、間違いなく長持ちしたはずだ。人類は学問によって、みずからの首を締めている。こんな滑稽なことがあるだろうか。

昔は人間をつくるために学問をした。おのれを高め、精神を鍛えるために、せっせと書を読み、ものを考えたのである。現代の若者に学問の目的を訊けば、受験のため、就職のため、資格を取るため、カネ儲けの方程式を見つけるためという。学問の目的が、すっかり変わったのである。何のために学問をするか、それをもういちど問い直すべきだ。人間に向かっての学問かどうかを確かめなくてはならない。

学問の方向を大きく歪めたのは、第一に戦争である。敵を殺すために兵器が発達し、学問は大量殺戮の手段を次々につくり出した。第二はあくことなき商業主義である。人々はカネ儲けのための学問に、いまも熱中している。殺しの学問やカネ儲けの学問が〔善〕であるはずがない。

幸せをもたらすべき文明の進歩が、逆に人間を圧迫するに至ったのは、いったいいつからなのか。きっとどこかに損益分岐点があったに違いない。恐らくそう昔のことではないだろう。たぶん手遅れだとは思うが、その分岐点をはっきりさせ、そこへ戻る努力をしてもよいと思う。

人間には五感がある。視覚、聴覚、触覚、味覚、嗅覚である。この五感にはそれぞれ欲望があり、常に充足感を求める。それが人間本来の姿であったはずだ。人間と人間がこの五感を駆使して、よき交流を図ることが、つまりは生きる喜びではなかったのか。

文明の進歩は皮肉にも、人間の五感を鈍化させてしまった。視覚と聴覚は異様に発達したと見る向きもあろうが、それはテレビとかパソコンとか、ブラウン管の中の映像であったり、ラジオとかCDとかの、機械を通じた音響であって、ナマの視力聴力は、昔の人に絶対かなわない。触覚、味覚、嗅覚については、推《お》して知るべしである。

電話ができたために、相手の表情を見ながら話すことが少なくなった。水道ができたために、井戸端会議がなくなった。冷房ができたために、夏の夜の楽しい夕涼みもなくなった。昔なつかしい貰い風呂や、呼び出し電話は絶滅した。友人知人を家庭に招いてもてなす風習も、潰滅《かいめつ》に瀕している。便利が人間のふれあいをなくしたのだ。学問が人間性を駆逐したのだ。

五感のすべてを必要とする営みは、セックスと食事である。いわば愛情であり、一家団欒である。相手とじかに接触しなければ、セックスは成り立たない。インターネット越しの会食なんてあり得ない。

ところがそのセックスすら、危機的状況にある。男性の精子がどんどん減っている。結婚しない男女がふえ、結婚してもセックスをしない夫婦が珍しくないそうだ。こどもをつくりたくないので、少子化が進んでいる。どうやら若者たちは、五感を駆使するのが、面倒臭いらしい。

愛する者同士が一緒に暮らし、こどもをつくって育てるのが、昔は何よりの楽し

■精子数の減少

健康な男性の場合、精液の量は２㎖以上あり、１cc の精液に 7000 万～１億個の精子が存在し、70%以上の精子が元気に運動している。これに対して、精子の濃度が１cc あたり 2000 万個以下だったり、精子の運動率が 50%以下などの場合、自然妊娠は難しくなる。

みであった。現代はそれよりもっと楽しいことが、たくさんできてしまったということか。たとえばカラオケ、ゴルフ、海外旅行。

これでは人類の絶滅もまぢかだ。学問のおかげで、文明のおかげで、人類はゆるやかな自殺に向かっている。だが人間はすべて、歴史の中継ランナーである。祖先から受け継いだバトンを、子孫に渡さなければなるまい。私たちの世代で人類が絶滅するのは、祖先に対しても、子孫に対しても申しわけない気がする。

いま私たちが必要とする学問は、過度の文明にブレーキをかけ、悪しき商業主義を断ち切る方法である。用もないのに宇宙船なんか飛ばしている場合ではないのだ。

唱歌斉唱

仰げば尊し

本業のドラマは真夜中に書く。零時を過ぎると、誰からも電話がかからなくなり、自然に孤独な状態になって、やむなくワープロの前に座るのが実情だ。ほんとは辛くて、脚本なんか書きたくないのだから。

資料調べとか、本棚の整理とか、ぐずぐずしながら、一時間はたつ。歴史ドラマだと、その時代の気分になるまで、更に一時間のウォーミングアップが必要だ。

やがて草木も眠る丑三《うし》つ時、登場人物が自分に乗り移って、エンジン全開になる。夢中でワープロを叩きまくって、気がついたときは、いつも夜明けである。

苦行から解放された私は、コップ酒をぐいと飲み、朝刊を二紙ゆっくり読む。ほろ酔い状態になると、必ず歌をうたいたくなる。

近所に迷惑をかけるといけないので、窓やドアをきちんと閉め、朗々たるバリトンで一曲だけうたい、頭の中を空っぽにして、ベッドにもぐり込むのである。

選曲はその日の気分によるが、たいがいは文部省唱歌である。〔われは海の子〕〔朧《おぼろ》月夜〕〔冬の星座〕〔仰げば尊し〕〔牧場の朝〕〔モーツァルトの子守唄〕〔故郷の廃家〕〔早春賦〕〔埴生《はにゅう》の宿〕など。

中でも〔海〕は大好きで、いつも心地よい感傷に引き込まれる。メロディーも美しいが、なんて素敵な歌詞なんだろうと、このトシになってつくづく思う。

■「鯉のぼり」（作詞不詳、作曲弘田龍太郎）
いらか（甍）の波と雲の波／重なる波の中空（なかぞら）を／橘（たちばな）かおる朝風に／高く泳ぐや、鯉のぼり。（「いらか」は屋根瓦のこと）

松原遠く消ゆるところ
白帆の影は浮かぶ
干し網 浜に高くして
かもめは低く波に飛ぶ

感嘆するのは、干し網が高くて、かもめが低いことである。遠近法の妙味といい、静と動のバランスといい、情景を頭に浮かべて、思わずうっとりする。

こんないい歌が、いっぱいあるのに、なぜ人々は唱歌をうたわないのか。せっかくの財産なのに、もったいないではないか。

そもそも私たちは、どうやって唱歌を覚えたのか。学校で習った歌ばかりではなく、父や母や兄や姉が、繰り返しうたうのを、幼い耳で聞いて育ったのではなかったか。

家庭の中に唱歌がなければ、あんなにたくさんの歌は、覚えなかったに違いない。そこには確かな文化の伝承があった。

「今のこどもたちには、歌詞がむずかしいんじゃないですか？」

そんなことはない。私たちも〔鯉《こい》のぼり〕の冒頭「いらかの波と」の意味を知らなかった。〔箱根八里〕の「羊腸の小径は苔《こけ》なめらか、一夫《いっぷ》関《かん》に当たるや万夫《ばんぷ》も開くなし」も、チンプンカンプンのまま、威勢よくうたっていた。

今のこどもだって、英語入りの歌詞を、わけも分からずにうたっている。たとえ難解でも、いい歌は口が覚えるものだ。

唱歌の衰退は、家庭で親がうたわないからである。親も子も、うたう場所はカラオケ屋にかぎられ、家の中の家族は、てんでんばらばらで、テレビを見たり、パソコンをいじったりするだけだ。親のリーダーシップが、いちじるしく低下している。

「過度の情報化社会は、こどもたちをいきなりおとなにする」

昔は父親の後ろに社会があった。こどもは父親から、世の中の匂いを嗅ぎとり、きびしい現実を想像し、そこからカネを稼いでくる父親を、文句なしに尊敬した。

今は父親を介さなくても、テレビという窓から、じかに世の中が見える。何もかも分かってしまう。洪水のような情報が、容赦《ようしゃ》なくおとなの醜さをさらけだし、こどもの夢を奪ってしまった。

父親の給料は銀行振込になり、母親がカネをおろしてきて、父親に小遣いを渡すのだから、どうしても母親のほうが偉く見える。父親の立場は急速に下落した。

今のこどもが最初に覚えるのは、童謡でも唱歌でもなく、コマーシャルソングで

■「箱根八里」（鳥居忱作詞・滝廉太郎作曲）
箱根の山は天下の険／函谷関も物ならず／万丈の山／千仞（せんじん）の谷／前に聳（そび）え、後（しりえ）に支（さそ）う／雲は山をめぐり／霧は谷をとざす／昼猶（なお）闇（くら）き杉の並木／羊腸の小径は苔なめらか／一夫関に当るや万夫も開くなし／（羊の腸のように曲がりくねった細い道には、苔が生えている。関所を守る勇士が一人いれば、何万人もの敵が押し寄せても破られることはない。）

ある。

すべてが商業ベースとなった現代では、歌づくりは産業であり、おびただしい歌が商品化され、大宣伝によって、量産化される。

代々うたい継がれてきた唱歌は、歌詞やメロディーが、どんなにすぐれていても、儲からないという理由で、片隅に追いやられた。

唱歌になじむ少年少女期、感性豊かな思春期がぶっとび、童謡から急におとなの演歌やロックに、直結するのはそのせいだ。

今どきの歌は、大音響のリズムが中心で、歌詞はよく聞きとれない。聞きとれても内容が分からない。ボキャブラリーが貧弱で、詩情に欠けること甚だしい。

はっきりいって、音楽というものは、演奏技術は別として、バッハやモーツァルトやベートーベンの時代に、頂点をきわめている。どう逆立ちしても、彼らを超えることはできないのである。

絵画の最高峰は、ミケランジェロやゴッホやピカソが占め、厳然としてその座を譲らず、シェイクスピアやイプセンの芝居は、何百年も上演されつづけている。

こうした先人の偉業に、耳も目も貸さず、その場かぎりの安っぽい文化に振り回されるのは、がむしゃらな商業至上主義を、増長させるだけである。いや、あまり人のことはいえないが。

知識偏重の学歴社会にも、問題があるだろう。教師も生徒も、受験に関係のある主要五教科に、全力を注ぎ、感性を育てる芸術系の授業を、ないがしろにした。

こどもは親にも尻を叩かれ、学校から帰ると受験塾に通う。〈どじょっコふなっコ〉と遊んだり、〈小さい秋みつけた〉をみつけたりするヒマがなくなった。その結果日本人は、世界でもっとも情操の欠如した民族になりつつある。

どういう理由からか、〈仰げば尊し〉が、卒業式でうたわれなくなって久しい。〈君が代〉と一緒くたにされたのかも知れない。

私は〈仰げば尊し〉をうたうと、胸がキュンとなる。いくら民主主義でも、教える教師と教えられる生徒の間には、厳然とした一線がなければならない。

教えを受けたわが師の恩を、しみじみと讃《たた》え、感謝することを、なぜはばかったり、ためらったりするのか。歌詞をよく読んでみるがいい。〈君が代〉とはまったく、意味が違うのである。

ある高校の卒業式では、卒業生たちが突然、自発的に〈仰げば尊し〉をうたいだして、教師たちを泣かせたそうだ。いかに古くても、いい歌はいつも新しいのだ。

■仰げば尊し
作詞・作曲者不詳のスコットランド民謡とされているが、明治時代、小学唱歌を編集した教育者の伊沢修二の創作ではないかとの説もある。

仰げば尊し
我が師の恩
教えの庭にも　はや幾とせ
思えば　いと疾《と》し　この歳月《としつき》
今こそ別れめ　いざさらば

おーい、おとなたちよ。仕事に疲れたときは、大きな声で唱歌をうたおうではないか。できればこどもたちと一緒に。

記念品授与

おみやげ話三題

だいぶ前のことだが、松阪市で講演が終わり、主催企業の担当者が、車で近鉄の駅まで送ってくれた。途中の車窓から、有名なスキヤキ店が見え、あれが〔和田金〕ですよと、御丁寧に説明があった。大きな勘違いは、ここから始まった。

駅に着いて車を下りると、担当者がおもむろに、長四角の風呂敷包みを差し出した。

「当地の名産品です」

おやおや、ずっしりと重いではないか。あれッ、もしやと私の胸は高鳴った。ひょっとして、いや間違いない。この重さは、まぎれもなく松阪牛そのものである。

私はいつもより深々と頭を下げ、念入りにお礼をのべた。同行の足軽・荒井に持たせると、彼の目つきも異様に興奮していた。近鉄の中では、ふたりともルンルン気分、だってそうでしょう、松阪牛なんだから。

名古屋駅のホームで、新幹線を待ちながら、私は人情あふれる男になっていた。今夜は事務所のスタッフに、特上のスキヤキを食わせよう。昼間の講演だったので、遅い夕飯なら何とか間に合いそうだ。私は市外電話のダイヤルを回した。

「おい、びっくりして坐りションベンするなよ。おみやげに松阪牛を貰っちゃった。まず二キロはあるね。ドスンときたからね、もちろんスキヤキだスキヤキ、鍋を洗っ

■松阪牛
黒毛和種の未経産（子を産んでいない）雌牛。但馬地方の役牛から肉牛への移行が進み、松阪牛の名声を高めた。現在は、子牛の導入から出荷までを管理するシステムに登録した肉牛を松阪牛としている。「和田金」は明治初期創業の松阪牛料理の老舗。

て用意しとけ。えー、ネギと白菜と、糸コンニャクだな、それからタマゴ、おっと、ビールはあったかな」

列車の発着音や、構内アナウンスに負けてはならじと、私は大声でまくしたてた。新幹線の中では、思わず口笛を吹いていた。

「関西のスキヤキはな、玉ネギを使うんだ。初めは肉だけ入れて、焦《こ》げ目がつくぐらいに焼くんだ。これがほんとのスキヤキだな。東京のはぐつぐつ煮るからいかん。あれは牛鍋といったほうがいい」

能書きをたれながら、東京へ着くと、一目散に事務所へ戻った。みんなニコニコしている。コンロの上に鍋は乗っている。白菜もネギも山盛りに刻んである。

荒井青年が期待の視線を浴びながら、風呂敷包みを開いた。ジャジャジャジャジャーン。

なんだこれは。紙の箱に入ってるぞ。あらら、あらら。松阪牛が出てこない。

「栗まんじゅうだ！」

荒井青年が悲鳴を上げた。スタッフ一同、あまりのことに、しばし茫然である。気まずい沈黙がつづき、誰かが冷やかにいった。

「栗まんじゅうでスキヤキは、作りにくいですね」

それから後のことは、ここに書きたいとは思わない。荒井君が車中の荷物棚で、風呂敷包みを取り違えたのではないかと疑ぐられ、本気で憤慨していた。

いったいどうして、こんな悲劇が起きたのか。検証その一、松阪といえばファーストイメージは松阪牛である。〔和田金〕の前を通って、説明を聞いたのが、重要な伏線となった。当地の名産品です、といわれたのが、最後の決め手になった。後で分かったことだが、栗まんじゅうも松阪の名産なのだそうだ。

検証その二、松阪牛と栗まんじゅうは、重さがほぼ同じである。ずしッときたときに、ふたりとも確信を抱いたのだから、これは無罪を主張できる。風呂敷包みからは、かすかに肉の匂いがしたと思ったが、たぶん気のせいだろう。

先入観はまことに恐ろしい。この事件以来、私はおみやげを貰うと、必ず中身を訊く癖がついた。

*

熊本で旅館組合の講演があったとき、幹事さんからユーモラスなおみやげを戴《いただ》いた。幹事さんは市内の丸小ホテルの御主人である。

「うちのロビーの売店に置いてあるものですが――」

紙箱を開けると、高さ一〇センチほどのサルの人形が、いくつか出てきた。どこ

■三猿

「見ざる、言わざる、聞かざる」は、8世紀ごろ、天台宗の教えとして日本に伝わったものだという説がある。漢語の「不見、不聞、不言」を訳したもので、本来は猿とは関係ない。一方、三匹の猿の像は古くエジプトからあり、ガンジーも日常携えていたという。エイズが世界的に問題視された際には、お尻をおさえた「五猿」まで現れた。

にでもあるような、平凡な焼物であった。

「ああ、三猿ですね」

例の〔見ざる聞かざる言わざる〕である。サルが両手で、目や耳や口を押さえている。

「いいえ違います。うちのは四猿なんです」

御主人は、いたずらっぽく笑っていった。あッと思った。サルは四匹いた。四匹目のサルは、何と股間を押さえているではないか。

「へー、何ですかこれは。せざるですか？」

「やらざるでも、立たざるでも構いません。自分で名づけてください」

聞けば四猿は、御主人のアイデアとデザインで、陶工に発注したのだそうだ。何でもないようで、実はすごい着想である。サルを一匹ふやしただけで、そのサルがちょっぴりエッチなだけで、新鮮か

つ豊潤なイメージをかきたてる。

私は唸ってしまった。芸術にしても、商品企画にしても、わずか一歩踏み込んだところに、大きな宝が隠れていることを、四匹目のサルが示しているのだ。

私の事務所には、この四猿が鎮座している。三匹目までは、まっとうに並べ、立たざると名づけた四匹目だけを、少し離して、すねたようにそっぽを向かせたのだが、これがたまらなくおかしい。私の好みでいうと、近年ナンバーワンのおみやげである。

**

おみやげは原則として、帰りに他人様から戴くものである。私の手元にある楽焼ふうの灰皿は、カナダのホテルから、黙って持ってきたもので（はっきりいえば盗んできた）、これをおみやげといっていいかどうか分からないが、そこはまあ見逃してください。

ずいぶん昔のことだが、テレビドラマ〈白い滑走路〉のシナリオハンティングで、カナダのバンフスプリングスホテルに宿泊した。無数の石を積み上げた古城ふうのホテルで、二百年ぐらいの歴史を持ち、中世ふうのインテリアが、まことにロマンチックである。

■バンフスプリングスホテル
カナダ・アルバータ州のバンフ国立公園内にあり、カナダのシンボルとも言われる世界的に有名なホテル。中世スコットランドの城を模しており、客室からは壮大なロッキーが一望できる。


二度とこないかも知れないので、何か記念品がほしいと、これは誰でも思うことだが、部屋の中を物色すると、大ぶりで荒削りな灰皿があった。どうせ安物だろうが、色といい形といい、カナダ的異国情緒を、ほのかに感じる。何よりも都合がいいのは、ホテルの名称が、ちゃんと書かれていたことだ。

私はこの灰皿を、スーツケースにちゃっかり収め、はるばる日本まで持ち帰った。

そして数日後、書斎の机の上に置き、改めてじっくりと鑑賞したのである。

多忙な現地では、気がつかなかったのだが、裏返して見ると、何やら小さい文字が連ねてあった。

「やや！」

私は危うく、椅子から落ちそうになった。その文章を直訳すると、次の通りである。

「この灰皿は、バンフスプリングスホテルにおいて、ドロボーしたものである」

しまった、やられた。私はしばらくの間、のたうち笑いをした。

卒業生の喜びの声

ファンレター

一九歳の予備校生Sさん（女性）から、ファンレターを貰った。ひとりで読むのは、もったいないほど面白いので、ここに紹介させて戴く。

「少し前〔高校生とセックス〕を読み、大変感銘しました。というより身につまされる思いでした。私は高校時代に味を知ってしまい、私自身はセックスの気持ちよさを知っても、勉強（学業のことです）しなくては、という頭があったため、ヤリたくはならないのですが、彼は（同じトシです）盛りなのか、毎日断るのに求めてきて、結局ほぼ毎日、生理も危険日もお構いなくヤリまくり、成績は校内順位で、最終的に二百数十番も落ちてしまいました。一学年三百二十人なのに――」

やっぱりね。高校生がセックスをしてはいけないのは、あまりに気持ちがよくて、そればっかりに集中するから、人間としての成長が、ストップするからだと私は書いた。

将来、素敵な相手とセックスをしたければ、自分も素敵になっていなければならない、そのためには、大事な成長期の高校時代は、できるだけセックスを我慢して、自分を高めておくことが、大切なのだと。

「通ってた高校は、県内一の進学校だったので、ヤってる、あるいはヤったことがある人の数が、絶対的に少ないため、そっち系のウワサってやたらと尾ヒレがついて、大きく広まるんですよね。私は四回も堕ろしただとか、公園でシャブってただとか、N市中のホテルを制覇しただとか、M（相手）が巨乳にしたなど、いろいろいわれて大変でした」

Sさんの手紙は、大胆にして明快である。しかも描写が的確だ。

「たしかに胸は大きいですが、別にモまれたからじゃないですし（遺伝です）、だいたい胸は小さいにこしたことはありません！　小さけりゃブラでどうにでもなるけど、デカけりゃどうにもなりません。A～Cカップなら、いいブラも安く売ってるけど、それ以上になると、安くならないし、品薄でデザインでなんか、とても選べず、あったら買う状態。肩はこるし、走っても歩いても揺れるし、シャツのボタンとボタンの間が広がっちゃうし、今は細身のシャツがほとんどで、ボタンが閉まらんことすらあるし……でもひとつだけ、いいことがあるんです。それは机で寝るときに、枕になること！　まず机の上に手を重ねて、高さを調節してから、その上に胸を置き、そして頭をうずめるだけですが、あったかくてやわらかくて最高！しかも谷になった部分に、アゴがカポッとはまるので、安定感も抜群！」

このへんの文章は、鮮明でイキイキしている。ディテイルに過不足がない。Sさんは将来、物書きになるのではないか。

「しかし、やはり大胸は損です。彼のお母さんも、私のことを〔何か脳ミソ全部、胸にいったみたい〕といったそうですが、それなら〔あんたの息子は、脳ミソも血液も、全部下半身に集中してるじゃないですか〕っていってやりたいです」

分かる。よく分かる。

「あ、話がそれすぎました。ごめんなさい。話を戻しますが、その〔高校生とセックス〕の章を、予備校のエロ話相手のS先生にコピーしてあげたら、S先生が私の担任に見せて、担任はあまりにいい話だってことで、何枚かコピーして校長先生をはじめ、そのへんの先生方に配り、先生方みんなで〔ジェームス三木さんってすばらしいね〕と感心し合ったそうです。あと〔ドリル式〕の章も、S先生に昔あげたのですが、これも先生方で〔ジェームスさんって読ませるね〕と感激し合ったそうです」

エロ話相手のS先生とは、何とも不思議な存在だが、さすがに今の先生方は、物分かりがいい。私に対する評価も、間違っていない。

ここでいう〔ドリル式〕とは、勃起不全の場合の挿入法で、ぐるぐるとネジって、ブルルンと戻る復元力を、利用するやり方である。

「ちなみに私はエッセイ集も買いましたよ。模試前日に買って、一気に全部読んで、翌日の模試は過去最低でしたが〜」

模試なんかどうでもよいのだ。そのうち『ドラマと人生』から、入試問題が出るかも知れないぞ。

「あと〔高校生とセックス〕の章に、まじめに（講演を）聞いているのは、ごく少数で、これはどこの高校でも同じとありましたが、うちの高校は違いましたよ〜。どんなつまらない講演でも（うちの高校は、やたら講演会が多かった）、皆まじめに聞いてましたよ〜」

Sさんは出身高校に、愛着とプライドを持っている。それもそのはずで、彼女は生徒会長だった。

「私の高校時代の陰のあだなは、何と〔ヤリ長〕でした。実は私は生徒会長だったのですが、会長ではなく〔ヤリ長〕――」

この底抜けの明るさは、いったい何だろう。セックスについてのあっけらかんとした叙述には、まったく翳《かげ》りがない。さわやかな解放感に、あふれている。

Sさんは小五から、週刊誌を立ち読みするほどの優等生であり、進学校の生徒会長に選ばれた人気者である。先生方との交流も積極的で、バランスがとれている。昔ならセックスのことなど、おくびにも出さず、教室のマドンナとして、清く正しい女子高生を演じただろう。

ここでハタと気づくのは、今どきの少年少女が、セックスそのものに対する罪悪感を、微塵《みじん》も持っていないことだ。これは昔と大きな違いではないだろうか。

昔の少年少女は、性を罪悪視させられたため、妙に屈折していた。ハケ口のない青春をもてあまし、ひねこびていた。この点は、今の若者のほうが、ずっと開かれている。むしろ健全である。

高度情報化社会は、親と子に同じ量の情報をもたらす。こどもの性を罪悪視し、かたくなに性について語らない親は、子から信用されない。これは教師も同じである。

Sさんが手紙をくれたのは、私が性をストレートに語り、その上で高校生が、セックスをしてはいけない理由を、述べたからである。

「これからもずっとジェームス三木さんのファンですから、めちゃめちゃ期待しています。おからだに気をつけて、日本酒を加えた卵かけゴハン（私の保育所時代の大好きなおやつでした）でも食べて、精をつけてください（ヘンな意味じゃなくて）。勉強の合間に書いたので、汚い字ですみません」

汚いどころか、整然とした字である。誤字はひとつもない。Sさん、私もあなたのファンですよ〜。私の本を読みつづければ、あなたの未来は、きっと輝かしいものになりますよ〜。

あとがき

「とりあえずドラマがらみで、人生論ふうのエッセイ集を一冊、次いで教育論的なものを一冊でどうですか？」

奇特な山田さん（メディアログ）の言葉通りに事は進んだ。したがってこの本は、二〇〇八年二月に発行された『ジェームス三木のドラマと人生』の姉妹編である。教育論的エッセイというフレーズは面はゆいが、一週間の授業という形式でまとめた山田さんの趣向には感心した。

読み返してみると、すっかり忘れていた事柄が驚くほど多い。トシをとると月日のたつのが早く、十年二十年があっという間だが、実は記憶力が減退しているのだ。物忘れが多いために、時間が飛ぶのである。そういえば記憶力が確かだったこどものころは、一年間がうんざりするほど長かった。

ゆっくり動くカタツムリを見て、こいつの人生は長いだろうなと、つぶやいた友人がいる。なるほど哲学的な感想ではあるが、長いか短いかは、カタツムリでなければ分からない。それもカタツムリに、記憶力があればの話だ。人間の場合は、記憶の中にどのくらい楽しみがつまっているかが、老後の生き方を左右する。私がせっせとエッセイを書きつづけるのは、薄れていく記憶を、何とかつなぎとめたいからだ。有難いことに記憶は、自分を都合よく正当化し、苦しみや悲しみまで、楽しみに変換する力を持っている。

しみじみ思うに、人間は喜びがなくても、楽しみさえあれば生きていける。山登りして頂点をきわめる達成感が喜びだとすれば、汗まみれになって登る途中の期待感が楽しみである。つまり楽しみとは、想像力の所産なのだ。服役中の囚人には、釈放される楽しみがあり、入院中の病人には、退院できる楽しみがある。なぜか楽しみの多くは、苦しみや悲しみに包まれている。そう考えれば、人生に絶望することはない。

著者プロフィール

ジェームス三木（本名　山下清泉《きよもと》）

1935年6月、旧満州奉天（瀋陽）生まれ。大阪府立市岡高校を経て、劇団俳優座養成所に入る。歌手生活の後、「月刊シナリオ」のコンクールに入選。脚本家となる。舞台演出、映画監督、小説、エッセイなども手がける。

主な作品に、映画『さらば夏の光よ』、『善人の条件（監督も）』、演劇『翼をください』『真珠の首飾り』『つばめ』『坊っちゃん』『族譜』、TVドラマ『けものみち』『澪《みお》つくし』『父の詫び状』『独眼竜政宗』『八代将軍吉宗』『憲法はまだか』『存在の深き眠り』、戯曲集『結婚という冒険』『安楽兵舎ＶＳＯＰ』、小説『八代将軍吉宗』『存在の深き眠り』『ドクトル長英』『かささぎ』（以上NHK出版）、『憲法はまだか』（角川書店）、エッセイ集『ヤバイ伝』（新潮社）、『ジェームス三木のドラマと人生』（社会評論社）など。第50回NHK放送文化賞を受賞。日本演劇協会理事、『坊っちゃん劇場』名誉館長を勤める。将棋はアマ四段の腕前。

中高年一貫指導　平成オトナの勝手塾

2008年11月10日初版第1刷発行

著　者　ジェームス三木

編集・装幀　メディアログ

発行人　松田健二

発行所　株式会社 社会評論社

〒113-0033　東京都文京区本郷2-3-10

TEL (03)3814-3861/ FAX (03)3818-2808

http://www.shahyo.com/ e-mail: info@shahyo.com

印刷・製本　株式会社 技秀堂

ISBN978-4-7845-0188-5　C0030